魔法世界の受付嬢になりたいです　4

ロックマン
（アルウェス・ハーデス・アーノルド・ロックマン）
ナナリーの魔法学校時代からのライバルで、王国騎士団第一小隊の隊長を務めている。
ナナリー
（ナナリー・ペルセポネ・ヘル）
夢だった『受付のお姉さん』として働く四年目の魔導所職員。最近ロックマンへの恋心を自覚した恋愛初心者。素直になろうと努力中。
ララ
ナナリーの使い魔。
ブラン・リュコスという寒い地方にいる魔法動物で、白い毛を持つ狼の女の子。

ニケ
（ニケ・ヘーラ・ブルネル）
女子力の高いナナリーの親友。ゼノンと同じ騎士団の隊に所属している。
ゼノン
（ゼノン・バル・ゼウス・ドーラン）
ドーラン国の第三王子で魔法学校でのナナリーの同級生。王国騎士団に所属している。
時の番人
過去と未来を行き来できる魔道具。ちょっとすけべで喋れる蝋人形。
サタナース
（ナル・ベルセウス・サタナース）
お調子者で賑やかなナナリーの同級生。破魔士としての実力は確かなもので、ベンジャミンの想い人。
ベンジャミン
（ベンジャミン・メダ・リリス・フェルティーナ）
おしゃれなナナリーの親友。サタナースと一緒に破魔士として活躍中。
登場人物紹介

魔法世界の受付嬢になりたいです
4

Contents

魔法世界の物語

青空に羽ばたく鳥たちの下方には、無数の島が浮かんでいる。

色とりどりの個性豊かな城が点在しているその島の下にはまた、空がなくなってしまう所まで飛び上がっても見渡せない程の、広大な土地があった。

キードルマニ大陸。

百の国が隣り合わせに繋（つな）がっているその地には、魔法という摩訶不思議な力が、各々の国で独自に進化を遂げて根付いていた。

世界の形は丸いのか、平面なのか、未（いま）だ解明されていないことが多い。

そんな大陸の中心、三光地帯と呼ばれる、三つの季節が流れる国々がある場所には、ドーランという、国境のすべてを森で覆われた、自然豊かな花咲き誇る王国があった。

国王の名はゼロライト・バル・ドーラン。

知性ある賢王（けんおう）で、国民からの支持は厚く、世界と王国の危機が過ぎ去って以降も諸外国との交流や国内の再興にも余念がないことで、さらに人気は高まっていた。

国王の政（まつりごと）を助ける臣下、手足となる騎士、物流経済を回す国民。

そして、さまざまな人間が働くこの国には破魔士という職業があった。

数ある職の中でも特に、それを知らない人間はいないほど有名な、この国、この世界での立ち位置は騎士の次を担うとも言われる名誉ある職業だ。

主な仕事は、国内に出没する魔物を退治したり、一般人では務まらないが、騎士には頼ることのできない仕事を受けたりすること。軽い雑用などもお手のもので、国民の誰かが困っていれば手を差し伸べて助けてくれる――もちろん賃金も発生するれっきとした仕事なので、慈善事業ではない――そんな、人々の悩みである魔を滅する頼れる戦士たちだ。

王国内は日々彼らの手を借りたい人間で溢れているが、溢れすぎて、どこへ、誰へ頼めばいいのか分からなくなることも少なくない。

そんな人々の為に、国民からの相談を受け付け、破魔士への仕事紹介をしているのがドーラン王国でいうところの、「ハーレ・モーレン魔導所」という仲介業を営んでいる事業所だった。

「こんにちは。今日はどのような依頼をお探しですか？」

そうここは、私、ナナリー・ヘルにとって最高の場所。

夢を叶えたその先の、日常を過ごす仕事場である。

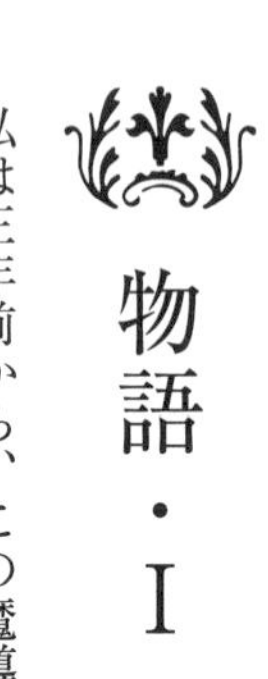

物語・I

私は三年前から、この魔導所の受付嬢として働いている。

入ったばかりの頃は右も左も分からないことばかりで大変だったけれど、三年も経てば要領を掴めてきたのか気持ちの部分でもだいぶ楽になってきた。毎日来てくれる破魔士や依頼人たちの笑顔、同僚の励ましの言葉があるおかげで、今日もまた私は笑顔全開でカウンターに座っていられる。

「ナナリーちゃん、俺諦めないからネ！」

「こちらの依頼で大丈夫でしたか？」

「大丈夫！」

鼻息を荒くし瞳を輝かせた大柄な男性の破魔士は、依頼書を片手に駆け足で魔導所の扉から飛び出して行った。思い切りが良かったせいか、カランカランと扉についている鈴が暫く鳴っている。

朝から元気な人だなと振っていた手を下ろすと、横で同じく受付の席に座っていた後輩のチーナ・カサルに、先輩、と声を掛けられる。

「今の、金髪の王子様に言っても良いですか？」

「え、なんで」

「だって～、そうしたら絶対毎日来てくれそうじゃないですか～」

「……」

楽しそうな声音につられて隣を見ると、チーナは口元に手を当ててニヤついていた。

抗議の意味を込めて黙ってそっぽを向いても、チーナの態度は変わらない。

彼女のことは好きだが、如何せん、この表情は好きじゃない。

声量を抑えて「言うな」と止めれば、ちぇっつまんないです～、なんて唇を尖らせて文句を垂れてきた。こんな風に止めておかないと、彼女の場合何を口走るか分からないので本当に危ない。

あの、世界を揺るがす魔物の騒動から八か月余り。

恩賞やらなんやら、おかげさまで平穏な日々を送る私には、この度、この歳にして、初めて〝好きな人〟というものができていた。

恥ずかしいので名前は伏せるけれど、騒動の中で自分の気持ちに気づかされた瞬間がいくつもあり、今まで嫌っていた人間が急激に好ましくなってしまったのだ。その人物は学生時代からの付き合いで、正直あちらからもだいぶ嫌われている。

のだと思っていた。

目が覚めてから彼の姿を認識できた途端、思いがけず洩れてしまった〝好き〟の言葉は、今考えてみても相当向こう見ずだし、正直恥ずかしくてたまらない。誰も掘り起こすことができないお墓があったら喜んで飛び込みたいくらいだった。

それに相手は貴族で、自分は平民。現状、特に進展というものはなく、恋人でもないし、強いて言えば飯食い友達、という立ち位置で二か月に一度くらいの頻度で一緒に食事へ行っている。

なにせ相手はともかく、私自身恋愛というものをこの歳になるまでしたことがなく、初心者中の初心者。恋愛の教科書なんてないので、恋愛小説を読み漁って主人公の恋を応援したり、主人公の彼が浮気に走ったら全力で物語の登場人物相手に説教をかましたりなんかした結果、推理小説や参考書で埋め尽くされていた本棚は、今や違う色で賑わいを見せていた。

「あ、噂をすればなんとやらですよ」

「え？」

魔導所の窓から見えたのは白い羽だった。白い翼と銀色の鬣を持つ生き物と言えば天馬で、限られた人間、王国の騎士のみが騎乗することを許されている。

つまり今、ここに騎士が来たのだ。

チリンと鈴が鳴り、扉が開かれる。

「失礼。魔物の出現数の資料と、場所を明記した物を提出願えないだろうか」

魔導所に来たのはドーラン王国第三王子、騎士団副団長でもあるゼノン・バル・ゼウス・ドーランだった。

ゼノン王子は引き締めていた眉をふっと緩めて、依頼人専用の受付にいる私の職場の先輩ゾゾ・パラスタさんへ話しかけに行く。

「なんだぁ、金色の王子様かと思ったのに。でも本当に目の保養ですねぇ、カッコいい～！」

「チーナ落ち着いて」

彼女はやって来たのが目的の人では無いとわかると明らかにがっかりした様子を見せたが、王子の姿を見ると頬を染め出した。それもそうだ。昔から内面もそうだけれど外見も実に男前で、学校では王子の親衛隊というものが密(ひそ)かに活動をしていたのを、王子以外の人間は皆知っている。私は変に席が近かったせいで散々にらまれたりしたけれど、今となっては笑えるいい思い出になっている。

きっと社交界でもそんな女性たちから熱い視線を浴びているだろうに、王子はそんなこと知る由もないんだろうな、などと他人ごとのように思った。

「久しぶりだな、ナナリー。元気だったか」

ちょうど破魔士が来ていないこちらの受付に、ゾゾさんから書類を受け取るまで時間ができたからか、ゼノン王子が顔を出してくれた。

「きゃ！」

両頬に手を添えるチーナの気分は最高潮だろう。

小さな悲鳴を上げて、来ました来ましたと呟(つぶや)いて心躍(おど)る様子だ。忙(せわ)しない乙女である。

「おかげさまでこの通り。殿下もお変わりないですか？」

「ああ。アルウェスの助けもあって仕事は順調だ。一昨日はシーラの外官に引っ掛かった魔物がいたらしいが聞いているか？」

外官は、外国からの輸入物などを安全かどうか、法律に引っ掛かっていないかどうかを調べる王国の機関で、正式名称は外調鑑識官(がいちょうかんしきかん)という。

「聞いてます、変化(へんげ)していたそうですね」

「下手に知能を持つと厄介な連中だからな……」

シュテーダルを思い出してか、王子の表情が険しくなった。

一昨日、オルキニスからシーラへの輸送馬車に魔物が紛れていたという報告があった。

しかもただ紛れていたのではなく【人間】に化けていたのである。

今までに例のない出来事に、頭をよぎったのは、他でもないあのシュテーダルのことだった。

やっと平穏な日々が戻ってきたのに、あんな世界的な危機は金輪際御免だ、と昨日それを聞いたゾゾさんや所長も額に青筋を浮かべながら言っていた。もちろん私も御免である。

「今日来たのが俺ですまないな」

「え？　なんでですか？」

「なんで？　相変わらずだなお前は」

そう言って王子は楽しげに笑った。

おかしいことなんて言ったかなと思案していると、それより良い知らせがあると王子は話題を変える。

「シーラ王国第四王女の結婚の儀があるんだが、それに招待されている。ドーランには特に王女が世話になったと、俺の友人を何名か連れてきても良いと言っているそうでな。ミスリナとアルウェスを連れて行くことになった。ミスリナには俺がついているから良いが、あいつにもパートナーを付けようと思うんだ。ナナリー、どうだ？」

「は……」

はい？

「何を口開けて呆けているんだ。お腹が空いたのか」

「空いてません！」

都合がつくならアルウェスのパートナーとして一緒に来いと、ゼノン王子に重ねて言われる。

「世界を救った英雄のお前なら、おかしな文句も言われないだろう」

そんなことを急に話されても。

それに何故私なのか。英雄だなんだは抜きにしても、候補は他にたくさんいるだろうに。

今すぐに結論は出せないし、それにシーラ王国の第四王女様というのは、確かあれだ。

二年前にロックマンと婚約の予定があった方だ。

「無理にとは言わないが、アルウェスと俺はしばらくシーラに滞在する。ごめんな」

「だからなんで謝るんですか」

「本当に面白いな」

ハハハと愉快そうに笑いながら、ゼノン王子はゾゾさんが持ってきた資料に目を通すため受付から離れていった。

何をとは言わないけれど、正直こんなに王子にいじられる日が来るとは思わなかった。

うっすらと火照った顔をブルブルと震わせていると、ナナリーは王子とも仲が良くて羨ましいわ、なんて後ろにいたハリス姉さんに言われる。

羨ましがられるのは悪くないけれども、今日は王子のからかいが過ぎる。

「ヘル先輩と同じ学年にいたかったです～」

王子をうっとりと眺めながら背後に花をちらつかせているチーナが黄色い声でそう言う。気さくな人柄は昔から女性の心を射止めていたので、チーナがほわわんとなってしまうのも無理はない。

「喧嘩ばっかりだったけどね」

思えばどたばたと賑やかな青春だった。

友人からは男子並みと言われたこともあるが、全く失礼な話である。

「でも先輩、気をつけてくださいね」

「なにが？」

「変な噂を聞いたんです」

チーナは先程の雰囲気とは一転、眉尻を下げて不安げな表情で声を落とした。

噂？

「『時の番人』っていう喋る人形が出回っているらしくて、それを使えば好きな時間に干渉することができたり、過去や未来に行き来できるそうなんです」

「喋る？　へぇ、面白い道具だね」

「面白いんですけど、この前変なこと聞いちゃって」

チーナはさらに眉を下げた。

「〝アルウェス様の隣が私だったら〜〟なんて、貴族の女の人が話しているのを見てしまって。その人形は闇市で販売されていたらしいんですけど、どこかの貴族が落札したみたいなんです」

仕事で偶然そういう闇市に向かったことがあるらしく、彼女はそこで耳にしたのだという。

過去や未来に行ける魔法陣なら私も知っているけれど、さすがに干渉まではできない。でもその人形はできるのだという。

顔をしかめた私を見て、チーナも同じ表情になった。

「考えられる危険性から、王国の抹消（まっしょう）対象に入ったとアルケスさんが言っていました」

「過去に手が加えられて、運命が変わるかもしれないからってことだよね？」

「はい」

魔物がいてもいなくても、この世界は物騒なもので溢れているようだ。

＊　＊　＊　＊

草花で飾り付けられた壁からは優しい香りが漂い、まるで外にいるような気分になる。

四人掛けのテーブルは三人で座るのにちょうどいい。

女の子は荷物が多いので（たぶん）余裕のあるほうが過ごしやすい。これからお菓子を沢山注文する私たちにはこれまた嬉しい広さでもある。

今日は休日を合わせていたので、小ぶりな杯に入った青茶をホッとひと飲みしながらゆったりとした時間を友人と三人で過ごしていた。

ここは友人たちと昔からよく行っている『踊り子草』という喫茶店である。

もはや顔見知りとなっていた店員のお姉さんは去年結婚したらしく、現在はお腹が膨らんでいて妊娠中である。あと一週間もすれば安全に御産（おさん）するためのお休みに入るそうだ。

お腹をポンポンと叩きながら、触ってみる？　と言われたので恐縮ながら触れさせていただいたが、トンと手を蹴られたような動きに生命の神秘を感じて思わず涙ぐんでしまった。

赤ちゃん、元気に生まれてくるんだよ。

「ニケは今日良かったの？　毎日忙しそうだったから無理しないでね」

「本当よ～身体（からだ）壊したりしてない？」

ベンジャミンと頷（うなず）き合いながら、優雅にお茶を飲む姿が絵になっている友人、ニケ・ブルネルの様子を窺（うかが）う。マリスの指導のたまものなのか、綺麗で可愛い女の子が淑（しと）やかで美しく品のある女性へと変化している。

仕草が令嬢のそれなのだ。とても元平民とは思えない。

ベンジャミンもそう思ったのか小声で「凄いわね」と耳打ちをしてきた。いやぁ本当に凄い。

「ちょっと疲れた」

「わー戻った」

「惜しいわ。あと三十秒で記録更新できたのに」

手先にある時計をニケに見せて、ベンジャミンは緋色の緩く波打った髪を揺らしながら笑った。

じゃれつく猫のような魅力的な瞳が瞬いて弧を描く。

実はすでに何回かお茶をしており、暇を見つけてはこうやってニケの令嬢擬態（ぎたい）技術がどこまで進化したかというのを、本人の希望もあり見守っていた。けして冷やかしているわけではない。

「仕上げはゼノン王子様に見てもらいなさいよ～」

「殿下に失礼よ」

釘（くぎ）をさすように、あの人は常に忙しい方なのよとニケは力強く言う。

「名前だけの貴族でも、堅苦しいことばかりなんだから。成り上がりは成り上がりなりに、意地くらいは見せないと」

「男爵も立派な爵位だと思うけど……」

ベンジャミンは不満げに唇を結ぶ。

「男爵だろうが伯爵だろうが、ろくに歴史の無い一家だし。元は商家だもの」

「今も商家でしょ」

「まぁね」

おじさんとおばさんも気苦労は絶えないだろうが、ニケが王国からの恩賞に家の地位を高めたいと望んだのは両親の為であったそうだ。

今までは貴族でないがゆえに爵位持ちの商売敵（がたき）に好き勝手されていた部分もあったらしいが、今はそれに一泡吹かせてやることが出来るようになったと二人は喜んでいるらしい。

本当はこのまま平民として頑張りたいという願望もニケにはあったようだが、これでお見合いなんかしなくて済むかもしれないとも嬉しそうに言っていた。彼女にとって爵位なんていうのはお見合い回避のための手段にすぎないのだ。彼女らしい大胆な選択である。カッコいい。

ニケは茶を啜ると、ハァと気持ちよさそうに息を落ち着けてお菓子に手を伸ばした。

騎士として働いているときの髪型とは違い、今日はそのブロンドの髪を珍しくほどいて遊ばせている。

「ナナリーは最近忙しい？」

「うちは相変わらずだよ。ニケの方が大変そうだよね」

「う～ん、そうかなあ……そうかも……。騎士団の方でも変な指令が出るしで、結構そっちもバタバタで」

「「変な指令？」」

変な、に反応してベンジャミンと声が重なる。

「〝時の番人〟っていう、蝋人形があるんだけど――」

声を小さくしてニケは私たち二人に顔を寄せた。

時の番人。確かチーナが言っていたやつだ。

ニケから聞かされた話はそれと同じで、過去にも未来にも干渉できる優れものだけれど、同時に危険性もあるというその人形……闇市で売られていたらしいけれど、貴族の誰かが買い取って以来行方が分からなくなっているようで、今は記憶探知で手あたり次第探っているということだった。

「例に洩れずなんだけど、そんな話私たちにしちゃっていいの？」

「あら、これも立派な仕事よ。破魔士のベンジャミンに、ハーレの受付嬢ナナリーだもの。二人共情報が集まってくるでしょう？　どこかで見かけたら連絡してちょうだいね」

ようは私たちにも見かけたらよろしくということで、これよこれ、と時の番人の絵を見せられた。鼻が大きい小人のおじいさん？　がとんがり頭巾(ずきん)を被っている。どことなくありがちな見た目であった。そのありがちな見た目だからこそ見つけるのが大変なのだろう。

友人をも使うニケにいやらしくなったわねぇと、ベンジャミンは耐えようとしたがそれでも耐え切れなかったのか、口角が緩んで笑みを浮かべていた。

それにしても、使えるものは何であっても使ってその人形を探し出すという騎士団の方針を見る限り、本当に大ごとなんだろう。

湯気が出ているポットに手をかざして息を吐く。

こう、ほのぼのとした毎日を送っていると、もう面倒なことは起きて欲しくはないものだとゾゾさんや所長と同じく切実に思う。

「いい風」

換気のために開いている店内の窓から涼しい風が入ってきて髪を揺らした。真剣な話をしていたニケも、それを笑顔で聞いていたベンジャミンも、一瞬目を細めてその風に身を任せる。

良い風ね、本当ね、平和ね、そうね、こんなこと言っていると何か起きそうね、そうね、言わないほうが、そうね良いわね。

「ぷっ」

ニケ、ベンジャミンの噛み合った会話が妙におかしくて私は笑った。

＊＊＊＊

久々に実家へ帰った。

騒動以来初で、両親が帰ってきていなかったせいでもある。けれど今もまだ二人は帰ってきていなくて、家はがら空きだった。空き巣に入られたらたまらないので魔法陣を敷いてはいるけれど、いつまでこの状態が続くのか甚だ疑問であり不安でもある。

私の両親が深い理由で海の国へ行っていることを知っているのは王様とアルウェス・ロックマン、それとごく一部の人間だけだ。外聞的には考古学者の母の功績をたたえて、大使として海の国との交渉を任せたということになっている。

と、そういう結構無理やりな理由で皆には知られているが、それで納得されてしまうくらいその界隈では独自の地位を築いているらしい母の話なんて、私にはてんで分からない。

母がどのくらい凄い人なのか正直ちんぷんかんぷんだし、母が昔から自分のことになると話を濁すことが多かったせいでもあると、今更ながらあたってしまいそうになる。

私が勉強一色で、そちらには気が回らなかったのも原因ではあるのだけれど。

そもそも、母たちの不在がこんなはちゃめちゃな理由になったのも、ロックマンが書き換えの魔法を全世界の人間に施したからだった。

実は母が海の国のお姫様であることや、私が海王の血筋を持つことを隠すために皆の記憶をいじっているのだ。

……そのおかげで、こうして私は普通に生活できているのだけれども。

海の人たちが助けに来てくれた本当の理由を、私や王様およびロックマンを始めとした関係者たちは知っている（母と私の血の繋がりが海の国にあり、そのよしみで助けてくれた）けれど、世間では『セレイナ王国との昔のよしみで地上を助けに来た』ということで通っているらしい。私が氷の始祖の力を持っているのも、母から受け継がれたものではなく天命だということで理解されているようだった（本当に無理やり感がある）。

つまり、あの日あのときのやり取り（マイティア王子との）は、皆の中で違う会話に変換されているということである。

今考えてみても、全くとんでもない魔法だと得意げな顔をしたロックマンを思い出した。

彼に対しては様々な感情が渦巻いているけれど、やはり悔しいものは悔しい。

どうやっても負けるのは、劣っているのは好きではない。

それに結局私は恋愛において勝ったのか負けたのかも——いや、それは考えないでおこう。

いつから好きだったとか、過去のことを振り返って聞いても仕方ない。

母が言っていた。

どんな風に出会ったか、どんなことで好きになったかは重要ではなくて、出会ってからどう歩んだのか、好きになってどうしたのか、そういうことの方が大事だって。

「でもさぁ、そろそろ帰って来てくれないと泣くよ……」

誰もいない実家の食卓の窓から見える月を眺めながら、父が大切にしていたお酒の瓶の蓋を開ける。

もうこれ飲んじゃおう。

シュポッと開栓の音をさせたあと、ハーレの寮に届いていた手紙を整理しようと封筒をテーブルに並べた。

赤、白、紫、茶色、いろんな色の封筒が広がる。

手紙というのは何歳になっても貰ったらワクワクするものだ。でもその内の一、二通は税の支払いの手紙なので開けるのが億劫(おっくう)になる。お金も貯めてはいるけれど、その使い道になってもらう目的の二人が帰って来ないのでは意味がない。

本当なら、余計なお世話かもしれないけれど、両親の結婚式に使ってもらいたかったのだ。

若い頃は苦労して結婚式もまともに挙げられなかったと話していたから、それなら日頃の恩というわけではないけれど——私が二人の晴れ姿を個人的に見たいだけ——あのドーランの結婚式場で、花に囲まれながら二人の子供である私から感謝の気持ちも込めて祝福をしたかった。

それなのに一向に帰って来ないものだから、余計に不貞腐(ふてくさ)れてしまうのだ。

今頃二人は海の国で何をしているのだろう。

「あ」

いくつか手紙を弄(いじ)っていると、その中に見慣れた字で書かれた名前があった。

マリスだ。

『元気かしら？　わたくしは最近身体を動かすことに凝っています。どうにも腰回りにお肉がついてしまってどうしようもありませんのよ。おすすめの運動がありましたら是非とも教えていただきたいわ。お婿様探しも楽ではなくてね、ほほほ、誰かさんのせいなんて言いませんが？　相談ではないですけれど、近頃言い寄ってくる殿方がおりまして……困ったことにお顔が少々あのお方と似ているものですから、それに血縁も……。断っていますけれど流石にだいぶ年下は嫌ですの。似ているというのも減点対象ですわ。どうしたら良いかしら』

どうしたら良いかしら。

そこで手紙は終わっていた。

言い寄ってくる殿方、あのお方と顔が似ている――？　血縁で、だいぶ年下。

あのお方というのはマリスとの会話で出てくる男性と考えるのならば、ロックマンかゼノン王子だ。似ていて血縁があるのなら、その二人の内の兄弟か親戚で、かつ年下なのだろう。

しかも、だいぶ年下。ゼノン王子の兄弟は王女が一番下なので王太子と第二王子ではない。王子とロックマンも血縁はあるけれど、マリスが似ていて困ってしまうと言うならロックマンの方に似ているのかもしれない。誰だろう。

「マリスは男性を見る目があるから、誰を切っても選んでもきっと正解だと思う。難しいね……。私も誰かさんに向けてとは言わないけど？　負けないように頑張るから」

実家の部屋の引き出しから便箋を取り出して、そう綴る。

ここで助言なんかしても、マリスの意思には敵わない。結局は当人の気持ちが一番大事なのだ。

それにお互い恋敵であることには変わりないので、気の利いたことなんて言うつもりはない。

お互い真剣に臨む。ただそれだけのことなのである。

さてあとは、と整理していると水色の封筒が目に入った。

「……」

手に取って名前を確認したのち、封を開け、高鳴る胸をおさえて二つ折りの手紙を開く。

『これを君が開くのは、届いてからだいぶ後なんだろうことは目に見えているから。図星だろうけど、ちょっとズボラなところは大目に見ておくよ』

「なんだと……」

出だしの文章を見てから、封に書かれている差出人の名前をもう一度確認する。

日付は一週間と三日前。

【アルウェス・ハーデス・フォデューリ・ロックマン】

ここにアーノルドが加わったらまぁなんて長い名前だろうか。

マリスや他の友人ともだけれど、近頃は何故かアルウェス・ロックマンとも文通をしている。

最初に送ってきたのはあちらで、二か月前に食事の誘いを手紙で受けた。魔導所のカウンターでされるより周囲の冷やかしがない為すぐに二つ返事で了承したけれど、その後も世間話よろしく返信が来た。

最後は必ず質問文で締められるので、答えないのもどうかと思い返信するが、また一週間後くらいにその返信が来る。

そうなってくると段々意地ではないけれど、ロックマン相手に敵前逃亡するのも私らしくないと——その考えは今でも消えない——質問文に質問文で返していくことかれこれ何通分か。

いつの間にか世に言う【文通】なるものをしていることに最近になってやっと気づいた。

恐ろしい。なんて男だ。

今までこういう手で女子を翻弄してきたに違いないと、怪しい目で水色の封筒を眺める。

大目に見ておくよ、がなんとも私の中の沸点を刺激するけれど、互いに今に始まったことではないので私こそ大目に見てやると思いながら続きに目をやった。

『直接言うことができない僕も僕だけれど、時間があれば考えてみてほしいな。空離れのふた月目は、どこかへ出かけようか』

手の力が抜けて、手紙が落ちる。

落ちてから数秒後、床に伏した手紙を慌てて拾った。

と、とととととっと、

『唐突過ぎて死んでしまうかもなので勘弁してください』

数日後、返ってきた手紙には『こちらこそ勘弁してください』と記されていた。

物語・Ⅱ

「お化け虫を百匹集める？　こんな依頼があるのか？」

　日が短くなってきた夕暮れ時。

　破魔士専用の受付に来た男性へ仕事を選んでもらおうといくつか提示していると、一枚の用紙を指して素っ頓狂（すっとんきょう）な声をあげられた。

『お化け虫百匹捕まえてください。殺生なし』とだけ書かれている。

　たしかに破魔士がびっくりするのも無理はない。

　何故なら、お化け虫と言ったら普通は捕まえると言うより駆除するのが当たり前で、その虫自体を求める人なんか今まで私も見たことがなかったからだ。

　私より経験豊富そうな破魔士も驚くのだからかなり珍しい依頼なんだろう。

　去年は大量発生で、王国が駆除の依頼を出したりしていたから、馴染みのある人は多い。

　お化け虫は楕円形の白く透けた身体をもっている、男性の足くらいの大きさをした、見た目も生々しい生き物である。

　比較的大人しい性格で、素手でそれに触れると手がかぶれてしまったりして大変だけれど、人間に直接、物理的な害があるわけではない。

　けれど民家の屋根裏や草むらを住処（すみか）にしている彼らが湧きすぎる（大量繁殖）と、周りの生命力を奪ってしまうのか、その周辺に住まう人たちが体調を崩したり病気になってしまったりという事例が多発していた。

そのため本当に直接的な被害はないけれど、害虫の類であることに変わりはなかった。

繁殖能力が高いのですぐに増えてしまうのも困りものである。

「薬師さんが必要とされているそうで、お化け虫の透明な身体に薬の効果が期待できるみたいなんですよ」

「そうなんだ?」

依頼主の欄には〝ペトロス〟と書かれている。

そう、この依頼は薬師の彼が出した依頼だった。以前から竜の鱗など薬に必要なものを調達するためにハーレを利用し、破魔士にたびたび依頼を出してくれている常連さんでもある。

ペトロスさんの名前を出すと破魔士の男性は「あの人の依頼なら早くやってやらないとな」と張り切ってその依頼を選んでハーレから出て行った。

彼の薬は町でも評判で、下手な貴族御用達の医師に頼るよりもよっぽど良い薬師兼医者であると、平民の人たちには重宝されている。それに加えて依頼の報酬もけして出し惜しみはしないので、人柄も相まってかすぐに受けてくれる破魔士はそれなりにいた。

男性を見送ったあと、受理した案件の用紙を掲示板から剥がすために席を立つ。

今度はその空いたところに何を貼ろうか、考えないといけない。

「ねぇねぇ、今度の会議の書記代わってもらってもいい?」

「え？　書記ですか？」

破魔士の邪魔にならないように掲示板をどう動かすか悩んでいれば、休憩から戻ってきたゾゾさんが両手を擦り合わせて申し訳なさそうに声を掛けてきた。

用事でもあるのだろうか。

会議の書記ならばそこまで大変なことはないので、大丈夫ですよと返す。

書記ならお安い御用である。字を書くのもまとめるのも大好きだ。

「ごめんね～。父親が見合い見合いうるさくって。無視してたんだけど一回くらいならって返事したやつ、会議の日だってことすっかり忘れちゃってたわ～」

「お見合い⁉」

「ちょ、しーっ‼　声が大きい」

ゾゾさんの形相に、すみません失礼しましたと慌てて片手で口を塞いだ。

ゾゾさんがお見合いって。

でもゾゾさんって好きな人がいたのではなかったか。

あくまで私の推測だったけれど、メラキッソ様の恋占いを気にしていた姿を見てきた後輩としては、突っ込みどころがかなり多い。

「アルケスさんですよね？」

「何が？」

「ゾゾさんの好きな人です」

「……」

目をパチパチさせたあと、ゾゾさんの顔はボボボッと効果音が聞こえるくらい真っ赤になった。

なんてわかりやすい。

ついでに言うとチーナやハリス姉さんも知っていることである。当人の想いを知らないのはアルケスさんと男性の職員たちくらいだ。女性の職員たちはそういう察知力に優れているのか、ゾゾさんがアルケスさんに対してあーだこーだ言っている姿を微笑ましく見守っていたのが実状である。

「皆知ってますよ」

「嘘⁉」

しかしゾゾさんがどこの馬の骨とも知れない男と見合いなんて、とんでもないことになった。

「ハリス姉さん大変です、ゾゾさんがお見合いするって言ってます」

ちょうど横を通りがかったハリス姉さんに手招きをして耳打ちをする。

ゾゾさんは私がそうすると思わなかったのか、瞳を大きく見開いて口をぽっかりとあけた。

「なんですって⁉」

「見合い⁉」

「ゾゾ本気⁉」

波紋のように女性職員のみに伝わっていく情報。

束の間、今日は緊急会議よとハリス姉さんが女性陣皆に魔法で念を放ち始めた。

能力の使いどころが無駄に凄い。

「ナナリー！　なんで言っちゃうのよ～！」

「ごめんなさいゾゾさん」

「許さない～‼」

ハーレ内を駆け回り出した私たち二人は、その後所長に見つかって大目玉を喰らった。

そしてハリス姉さんから理由を聞いた所長が私も会議に混ざるとキラキラした瞳で言い、こちらを見つめ始めたのはまた別の話である。

❋　❋　❋　❋

緊急会議と称された「ゾゾお見合い大作戦」なるものが開かれた。

場所は寮のハリス姉さんの部屋で、室内には収容人数の関係で十人にしぼられた恋愛の達人たちがいた。終始赤い顔をしていたゾゾさんは心身ともに疲れはてたのか、今はげっそりとした表情になっている。

私は恋愛の達人ではないものの、貴女もしっかり見ておきなさいと先輩に言われたので、場違いだけれど部屋に入る許可をいただいた。

ゾゾさんのことはかなり気になるけれど、私がその会議を見学したとしていったい何の勉強になるのだろうか。なんてとぼけたことを言うつもりはない。絶対に奴……彼とのことを言われているんだと思う。

あああ、もうそんなこと今はどうでもよくって。

「お見合い？　そんなことしてどうするのよ」

「私はあくまでも、単純にお見合いをこう……気軽に？　親の言うことも一度くらい聞いてあげようかなーって」

ゾゾさんよりも先輩である女性陣がぐいぐいと彼女に詰め寄っていた。十人それぞれが根掘り葉掘り職質をかけている光景は圧巻である。

皆他人の恋路となると張り切りようが凄まじいな。

「ご両親の望みは結婚だけれど、一番はゾゾに素敵な人ができることだと思ってるわよ。娘を持つ私が言っているんだから間違いないわ」

「そうそう。だからアルケスに対して、もっと積極的になればいいじゃないの」

だからなんで知っているんだとまた真っ赤になるゾゾさん。

「好きになったのはいつ？」

「だ、だからなんでそんなこと」

「アルケスだいぶ歳上だけど大丈夫？　ジジ専？」

「歳は関係ないわよ！」

「やっぱり能力高い所に惹かれた？　なんでもできるものねぇ」

「能力が高くなくてもあの人格好いいんです！」

「格好いい？　あらもう正直だわ～」

ニヨニヨ顔で見てくる先輩たちにゾゾさんが圧倒されている。口走った言葉を思い返してか、ゾゾさんは更に頬を赤くした。

事前調査のときや花神祭のときといい魔物との戦いのときといい、常に一緒にいた所を見ていれば余程鈍感でない限り、少なくとも好意があるようには見えていたと思う。

「でもアルケスは、所長が好きなんじゃないかって最近思うのよ」

ゾゾさんが呟いたその言葉に皆がピタッと動きを止めた。

ご機嫌顔で見ていたハリス姉さんもそれを聞いて笑顔のまま微動だにしなくなった。

どうした、あんなに饒舌(じょうぜつ)にノリノリで話していたのに。

「ほらね」

頬の赤みがひいてから皆の様子を見たゾゾさんは、伏し目がちになる。

ち、違うのよと慌ててココネ先輩が顔の前で手を振った。そんなこと思わなかったからビックリしちゃってと眉尻を下げる。

アルケスさんが所長を？

確かに一緒にいることは多いけれど、そんな感じには全く見えないしゾゾさんの勘違いではないかと思うが、ここの誰よりも人生の経験値が圧倒的に低い私では発言するほどの自信がない。

「アルケスが所長を好きだなんて、皆そんなこと思わないわ。所長と一緒にいることが多いからって悲観しすぎよ～」

「でも、なら所長がここにいないのはなんでなの？」

また皆の動きがピタッと止まった。

確かに所長は終業後『私も混ぜて！』なんて張り切って乗り込もうとしてきていたけれど、ハリス姉さんに「いらない」と弾かれてしまい所長室でイジけていた。

所長がそういう話に入っても違和感なさそうなのに、わざわざ寄せ付けないのも今考えてみれば気になる。

ハリス姉さんは眉間を人差し指で押さえて、うーん、と唸る。

「私たちよりあとに入った人は知らないと思うけど、所長にも大切な……恋人みたいな人がいるのよ」

「えっ、そうなの⁉」

え、そうなんですか⁉

ゾゾさんの声と自分の頭の中の声が被る。

ハリス姉さんは確か所長と同期なはずなので、そういうことも知っているのだろう。所長に恋人みたいな人か……。騎士団長？　とはまた違う人なのかな。

騎士団長のこと？　と私とまたしても思考が一致したゾゾさんが食いぎみにハリス姉さんへ詰め寄っていた。最初の状態と真逆の光景である。どうやら興味がそっちにそれたようだった。

でも何故だろう。所長のそういうことに食いつきそうな先輩たちの口数が少なかった。

ハリス姉さんは窓の外を見つめた。

「騎士団長ではないけれどアルケスもそれを知っているし、むしろ応援してたから。だから所長が好きとかじゃないから安心しなさいって。保証する」

しかしまさか所長にそんな人がいたなんて。

それが騎士団長でもないことに驚く。なんだかんだと騎士団長は所長をちゃかし、所長も所長でまんざらでもなさそうだったから。

「でも所長にそれを聞いちゃ駄目よ」

「なんでよ?」

「本当に嫌がるから絶対に駄目」

聞いたらクビを覚悟しなさい。

クビ。

その一言をハリス姉さんは私にも凄みをきかせた顔で念押ししてきた。

はい。わかりました。絶対聞きませんから。

私はゾゾさんと共に宣誓をした。

テオドラとグロウブ

破魔士も少ない深夜のハーレでは、職員が二人体制で勤務についていた。食堂はこの時間は閉められているのでたむろしている破魔士はいない。

そんな昼間とはうってかわって静かな魔導所に、一頭の天馬が舞い降りた。

ゾゾのお見合い大作戦の緊急会議から弾かれ、ふて腐れながらも王国に提出する国内依頼数及び魔物調査書を深夜まで居残りまとめていた私は、職員の一人に魔導所の外に騎士団長が来ていると言われたので仕方なく所長室から出ることにした。

こんな時間に何の用事だろう。

呼びに来たアルケスが受付にいたのは唯一の救いだろうか。なんだかんだと彼には世話になっている。

グロウブ・ダルベスプ。

なるべく会いたくないのが本音だったが、それを露骨に表情や言葉に出しても全く本人に効かないのが恨めしかった。

二人きりでは会いたくない。

第三者がいてくれて助かった。

「所長、大丈夫？」

「大丈夫よ。教えてくれてありがとう」

しかめ面をする私にアルケスは笑った。

魔導所の玄関に出て何の用事かを不機嫌全開で尋ねれば、たまたまここの上を通ったから寄ったのだとグロウブからは返された。

たまたまここの上を通ったならば寄り道なんてしないですぐに宿舎へ帰ればいいものを。

こんな時間に、別に暇なわけではないだろうに。

シーラからの帰りだったようで、人間に化けていた魔物について調べるためにあちらの騎士団長とオルキニスへ赴いていたらしく、調査もそこそこに一時帰国したのだと大きな肩をまわして疲れきった表情を見せる。

……だから疲れたのなら宿舎へ帰ればいいのに、とため息を吐く。

けれど人間に化けていた魔物については気になるところだったので、追い返すことなく食堂の椅子にお互い座り話を聞くことにした。

二人きりだが、八人用の大きなテーブルを挟み向かい合って頬杖をつく。

革製の椅子はこの席にしか設置していないので、座り心地は他の硬いものとは段違いだった。普通の木の椅子に直に座ると腰が痛くなる。

つまりこの席に座ったということは、無意識に話が長くなるだろうと思ってしまったからで、それを許容している証拠なのかもしれない。

すぐに追い返すつもりが自分にないことに少しだけ驚いた後、またしかめ面になってしまう。

「顔がこんなんになってる」

グロウブが自分の目尻を指で吊り上げて、私の真似をした。

なんとも嫌味な男である。

「失礼ね。それよりオルキニスへ行って何かつかめたの？」

「オルキニスの新王には調査をしても良いという許しをもらえた。だからこれからという感じだな」

「なぁによそれ。じゃあまだ全然なのね」

「まぁなぁ。シーラの連中に軍事同盟を今のうちから結ばないかと申し入れされたんだが」

「は？　軍事同盟？　戦争でもするの？」

軍事同盟を結びたいだなんて、いったい誰と戦う気なんだろうか。グロウブからの思ってもみなかった発言に、早まるな早まるなと彼からたしなめられる。早まるなと言われても軍事同盟どうたらと聞かされてびっくりしない人間はいない。

アルケスあたりは動揺もしなさそうだが。

「また魔王が暴れまわるような世の中になったときのために、今から合同で軍事演習をしたりできないかってことだ。緊急の連絡経路とか色々」

「あ～なるほど。そうよね」

日々私たちを取り巻く情勢は変化していく。

「シーラは近く王女様の結婚式を盛大に開くとか言っていたな。国中が祭状態だったぞ」

「臣下の男性とだっけ？　愛を貫いたのねぇ。……本当に、色んなことが過ぎていくわ」

いつの間にか時間は過ぎ職員は休憩に入ったのか、受付にはアルケスしかいなかった。カウンターの様子を窺ってみると、彼から頭を下げられて軽く会釈をされる。

アルケスしかこの場にいないのなら、ここで少しくらい私語をしても構わないだろうか。

「私、……変わりたくないのよ」

物事はどんどん移り変わっていく。

「あの頃からずっと」

それは止めようがなくて、どんなに変わってほしくないと願っても、自分を一人置いていってしまう。

あの日、エルーヴが殺された日から時計の針を動かしたくないのに、手で止めても何をしても、自分以外の時計は針を動かしていく。

「でも時間はどんどん過ぎて、身体は成長して、歳もとって。いつまでもあの頃のままの私でいたいのに」

変わるのは嫌だ。

あのキラキラした時間を置いてどんどん先になんて行きたくはない。

エルーヴよりずいぶん年上になったが、髪も長いまま、少し伸びたら切って、ずっと同じまま。気持ちだって変わらない。黒天馬殺しの真犯人を捕まえることを諦めてはいない。王国や騎士団が諦めても、私は絶対諦めない。犯人を見つけ出して、地の果てまで追い詰めてやるのだ。

プロローグ

私は何も悪くない。それなのに、一体どうしてこんなことに？

——違うわ、アリスティーナ・クアトラ。全ては因果応報よ。

頭に直接響いてくる声。うるさい、と耳をふさぎながら首を左右に振り続ける。

何よ、誰なの。私を否定するのは、一体誰？

——どうして『こんなこと』になったのか、教えてあげましょうか。それはね？　貴女が生きる価値もない、誰からも必要とされない、人の気持ちも考えられない、最低な人間だからよ。

場面は変わり、暗い監獄。ぽちゃん、ぽちゃんとどこからか水が漏れる音と、かさこそねずみが駆け回る音だけがする場所に、近づいてくる甲冑の男たち。あれの中にはきっと、私の死刑を執行する処刑人もいるに違いない。


「嫌ぁぁっ！　来ないでえぇぇっ!!」

私は叫びながら、ガバッと勢い良くベッドから飛び起きた。はぁはぁと肩で荒い呼吸を繰り返しながら、キョロキョロと辺りを見回す。その反動で、こめかみからぽたりと汗が流れ落ちた。

「ここは……」

辺りはまだ暗く、目が慣れるまでに少し時間がかかった。その内に、ここが自室であると気付く。夢、にしては感じる心音があまりにも生々し過ぎる。部屋に響く自分の荒い呼吸の音も、肌に触れているシーツの感触も、こんなにはっきりとしているのだ。

「だけど確かに、私はあそこで死んだはず……」

そう。十七の誕生日を迎える前に、私の人生は幕を閉じたのだ。生気を感じないあの冷たい部屋で、たった一人孤独に死んだ。

いいや、一人ではなかったか。あの場には、私の死刑を執行する処刑人もいたわ。実際にはきっと、証人として

『そうよ、私は性格が悪いわ！　悪いのよ！』
容姿も家柄も完璧、
唯一の欠点は性格だけ!?
作品詳細はこちらから！
2023年5月12日発売
アリアンローズ新シリーズ先行試し読み
逆行した元悪役令嬢、性格の悪さは直さず処刑エンド回避します！1
著者：清水セイカ　イラスト：鳥飼やすゆき
ISBN 978-4-86657-658-9
アリアンローズ　発行：株式会社フロンティアワークス　©SHIMIZU SEIKA/Frontier Works Inc.

監視窓から様子を覗いていた者もいたのでし[illegible]

でも本当に、それだけ。あんなにも持てはやされ、人に囲まれ、家族にも愛されていたはずの私が、なんて憐れな死に方だろう。

「こわ、かった……こわかったよ……ぉ……っ」

段々と記憶が戻ってきた私の瞳から、ぼろぼろと涙が溢れ出す。あの時の、凍えるような寒さ、たった一人の孤独、迫り来る死の恐怖。それらを思い出し、ガタガタと身体が震えた。

確かに私は死んだ。じゃあここは、天国なの？　天国ならどうして、こんなにも鮮明に死の恐怖を感じなければ

[illegible]」

衛士たちが集まってくる中、彼女はくっきりした吊り目で術士をにらみつけた。

（くっそぉ。もう少しで成功だったのに！）

陽がとっぷりと暮れた。

照帝国の都・天昌は、二重の外壁に囲まれており、天昌城とも呼ばれる。その北の中央部に、皇帝が起居し執務する永安宮と呼ばれる建物群があった。あちらこちらで篝火が焚かれ、夜空に火の粉が昇り、星屑に紛れていく。

『陶翠蘭』は後宮ではなく、この永安宮の奥まった一室に連れてこられた。青白い紐はすでに消えていたけれど、物理的に麻縄で後ろ手に縛られている。罪状は、後宮を脱走しようとした罪、ということになっていた。

目の前には、三人の人間がいる。

まずは、さっきもいた宮女の雨桐。『彼女』をチラチラ見て、温和な顔にひたすら困惑した表情を浮かべている。

次に、霊符を使って彼女を捕まえた術士、昴宇。ギロリとした目つき、とんがった雰囲気の彼は、真面目そうだが根暗そうでもある。彼がこの部屋に方術をかけているため、彼以外の者は術を使えない。

最後に、真正面。美しい彩雲の描かれた壁絵を背にし、大きな椅子にゆったりと腰かけている、その人は。

彼女が会わずに終わるはずだった照帝国の新皇帝、王俊輝その人だった。

「その娘が、『陶翠蘭』か？」

元々は将軍職に就いていた彼は、大柄な身体に似合わない身軽さで立ち上がると、彼女に近づいてきた。

彼は多くの味方の支持を受け、暗愚を極めた先帝を討った。そしてそのまま皇帝に推され、帝位に就いたばかりだ。まだ二十代半ばの若さである。

今現在は、政務が滞っている間に異民族に奪われた土地を奪い返し、腐敗を招いた臣を粛正し、永安宮を追われた有能な人材を呼び戻して人事をやり直し……と多忙な日々を送っており、その姿には覇気が漲っていた。

俊輝は、彼女の目の前に立った。高いところから鋭い視線で見下ろされると、ものすごい圧を感じる。

「報告では、陶翠蘭という県令の娘が後宮に入って間もなく病気になり、顔や身体にできた青緑色のアザが消えないと聞いていた。それで、故郷に帰ることを許したのだが……。しかし、この娘にはアザなどない上、耳と尻尾を見せただと？　化身の者だったとは。いったい、何のために後宮にいたのだ」

「それを、これから白状してもらいましょう」

昴宇が霊符を手に、一歩踏み出した。

彼女は二度、小さく舌打ちをしてから、鼻で笑ってみせる。

「あら、ずいぶんお若い方。あなたみたいなひよっこ方術師が術をかけたところで、私にしゃべらせることなんてできるのかしら」

淡々と昴宇は答えた。

「そうですか。では先に殺してから、魂を呼び出す術を使ってしゃべらせましょう。若いので気が短くてすみません」

「待て待てそうじゃないっ。普通にしゃべるって言ってるの！」

気になるつづきは5月12日発売の書籍で！

※現在、鋭意制作中のため本編と異なる場合がございます。

あの女も、婚約者の王子も、私を裏切った令嬢達も家族もなにもかも、恨む心の余裕すら今の私にはない。ただただ、恐怖に慄き叫ぶことしかできない。

「アリスティーナお嬢様！　どうされたのですか！」

その時、勢い良く部屋のドアが開かれたと同時に、使用人や衛兵数名が足音を響かせながら入ってきた。

「ご無事ですかお嬢様！」

たたっと一番に私の元へ駆け寄ってきたメイドの姿を見て、驚きに目を見開く。それはかつて私が幼い頃に解雇した、乳母であり侍女でもあるリリだったからだ。

リリがここに居るなんて、やっぱりこれは現実ではないの？　ますます混乱し、涙を流す私を見ていた彼女が、焦ったように私を抱き締める。

「まさか侵入者ですか？　なにかされたのですか？」

「あ……あ……っ」

「もう大丈夫ですから、どうか落ち着いてくださいお嬢様。リリがお側におります」

どうやら私の叫びをそう解釈したらしいリリは、衛兵達に部屋を捜索するよう指示を出す。違うと言いたくても言葉が出てこず、私はただ幼い子供のように涙を流すだけだった。

リリは落ち着かせるように私の顔を覗き込み、柔らかな表情でこちらを見つめる。そして、両手でそっと私の手を包み込んだ。

「まぁ、小さなおててがこんなに冷えて……よほど怖い思いをされたのですね、お可哀想に」

「……え？」

『小さなおてて』そう言われて初めて、私は自身の掌をじっと見つめる。

どう見ても、十七を目前にした女のそれではない。リリの手の中に簡単に収まってしまうほどの、小さな小さな子供の手だったのだ。

「……っ！」

それに気付いた瞬間、私はリリの腕から抜け出し転がるようにベッドから降りると、部屋にある姿見まで駆ける。メイド達が手にしているランプに照らされ、鏡の中の私の姿がぼうっと映し出された。

「これは……」

私、子供だわ。人は本当に混乱すると、たちまち語彙力が消滅してしまうらしい。私は放心状態で鏡を見つめ、ただ口の中でぶつぶつと「子供、子供だわ、子供なんだわ……」と繰り返していた。

「お嬢様、急にどうなされたのですか！」

たちまちリリが駆け寄り、私の体を支える。そうすると、私と彼女の体格差が浮き彫りになった。

「リリ……私は今、いくつかしら」

「はい？」

「だから私は、何歳なの？」

唐突な質問に驚いた様子で、リリは答える。

「お嬢様は、先日五つになられたばかりではないですか」と。その瞬間、私は膝からがっくりと崩れ落ちる。

ああ、これはやっぱり冥界で見ている夢なんだわ。だってそうでなければ、あり得ない。十六の自分が、まさか時を遡っているなんて。

「さぁ、アリスティーナお嬢様。目を瞑って、ゆっくりと呼吸をしてください。今度はきっと、幸せな夢が見られますからね」

とんとん、とんとんと、リリが私の腹の辺りを優しく撫でる。それはまるで魔法のように、私の小さな体から力を奪っていった。視界が暗くなり、頭がぼうっとする。これが眠りにつく瞬間なのかと思いながら、体がベッドに沈んでいくことに抗えない。

アリスティーナ・クアトラという存在がこの世に生まれ、物心ついてから首元に鎌を突きつけられるまでの出来事が、まるで精巧な絵を見ているかのように、ゆっくりと目の前を流れていく。眠りに就いているような、過去の記憶を邂逅しているような、不思議な感覚。

ふと気が付くと、私の足元に一人の令嬢がうずくまっている。そう、これは夢。私にとっての、悪夢なのだ。

《第一章／傲慢令嬢、アリスティーナ・クアトラ》

「子爵令嬢ごときが、誰に向かって口を聞いているのかお分かりなのかしら」

公爵令嬢といえば、この王立学園でその名を知らない者は居ない。

な兄が三人。末娘として生まれた私は、

私、アリスティーナ・クア[illegible]自分こそがこの世のヒロインで
生家は王家の側近として代々仕えている由緒正しい公爵家であり、優秀な兄[illegible]
両親や兄達からこれでもかというほどでろでろに甘やかされてきたものだから、大勢の取り巻きを従え
あると信じて疑わなかった。
生まれながらの美しい顔、すらりと長い手足。自慢の長い琥珀色の髪を靡かせながら、
学園内を闊歩する。
完璧な私には、欠点なんて一つもありはしない。ずっとそう信じて、疑ったことなどなかった。
「さぁ、拾いなさい。みっともなく頭を垂れて、地面に這いつくばって拾うのよ！」
十二才でこの学園に入学し現在三年と少し、私はすっかりこの狭い社会を牛耳る女王として君臨している。
[illegible]門へ向かいながら、『翠蘭』は答える。[illegible]しないまま、後
[illegible]陛下はお見舞い金を下さって、心から感謝しております。せっかくなので、都の宿で故郷から
の迎えを待つ間、他の医者にも診てもらうことにするわ」
後宮を取り囲む、分厚い壁までたどり着いた。
春を迎えて、日射しは暖かい。うららかな風が彼女を送るように、どこかで咲いている桃の花びらをヒラ
ヒラと運んできた。
彼女は門の前で振り向き、胸の前で両手を重ねると、一ヶ月を過ごした後宮に向かって丁寧な礼をした。
「お世話になりました。私はお役に立てませんでしたが、照帝国の、そして皇帝家の繁栄を、心からお祈り
しております。……あなたにも、世話になったわね」
「いいえ、私は何も。……故郷までの旅路、どうかご無事で。ご病気の速やかな治癒を祈っております」
礼をする宮女に、彼女は寂しそうに微笑んでうなずきかけた。
そして再び、くるりと門に向き直る。

誰も見ていない被巾の陰、口元を隠した袖の下で――

ニマッ！　と、ご機嫌な笑みが浮かんだ。

(さー終わった、帰ろ帰ろ！　やーっと以前の生活に戻れるわー)

豪華な丹塗りの門扉は、彼女を牢獄から解き放つかのように、大きく外へと開いていた。

彼女が意気揚々と足を踏み出した。その瞬間。

バチイッ、と、空間に雷のようなものが走った。

「うあっ!?」

いきなり何かに身体を締め付けられ、彼女はギョッと目を見開いて胸元を見下ろした。

青白く光る紐のようなものが、腕ごと胴体をとり巻いている。

「翠蘭様、どうかしましたか？　忘れ物でも？」

宮女の、戸惑った声。どうやら宮女には、この紐が見えていないようだ。

(何これ、方術!?)

方術、というのは、神仙の力を借りてかける術のことである。

あわてて彼女が辺りを見回すと、パチッ、ビリビリッ、と後宮の壁の内側に沿って光が走っている。後宮
をぐるりと取り巻いているのかもしれない。

(ひと月前、ここから後宮に入った時は何もなかったのに！　とにかく、このままじゃ脱出できなくなる。

逃げなきゃ！)

彼女は無理矢理、足を踏み出した。門はすぐ目の前なのだ。

しかし、足を動かした瞬間、バチイッ！

青白い光がさらに空を走り、今度は足を束ねるように膝に巻きついた。

当然、彼女は前のめりにスッ転ぶ。

「きゃひんっ！」

被巾がふんわりと脇に落ち、顔が露わになった。

(くっ、動けない。身体が痺れてきた……！)

そこへ、駆け寄ってくる足音がした。つま先の四角い履が視界の隅に入り、男の得意げな声が降ってくる。

「かかったな、妖怪め！」

「なっ、何言ってるのよっ、私はただの人間っ……！」

かろうじて顔を捻り、見上げた。

そこに立っていたのは二十代前半くらいの、ひょろりと背の高い男だった。長い黒髪を後ろで一つに束ね、

「いいえ、許さないわ。貴女は私の婚約者であるユリアン様に、分不相応にも色目を使ったのよ！」

数人の取り巻きを従え、たった一人の令嬢を苛める。この時の私は、裏で自分が「悪役令嬢」などという不本意な名で呼ばれていたなんて、知る由もなかった。

「教えを乞うフリをして近づくなんて、なんて浅ましいのかしら」

「違います！　教室に残って勉強をしていた私に、ストラティス殿下がアドバイスを下さっただけです！　信じてください、クアトラ様！」

全身泥だらけになりながら、その子爵令嬢は涙を流し許してくれと懇願する。

あぁ、なんてみっともないのかしら。私には考えられないほどに無様だわ。

子爵令嬢に産まれたのならば、立場を弁えて行動すればいいものを。図々しく人の婚約者に手を出すから、こういうことになるのよ。散らばった教科書や羊皮紙を必死に拾い集めている彼女の手を、私はローファーの爪先で軽く蹴る。

「い、痛い……っ！」

「私の心の痛みはこんなものではなくってよ！　ほら、拾いなさい早く！」

高笑いする私を見て、流石の取り巻き達もたじろいでいる様子だ。ふん、この程度で情けない。たかが子爵令嬢一人どうこうしたところで、私になんのお咎めもないのは分かりきったことなんだから。

ジロリと背後に視線を向けた私を見て、取り巻き達の体もビクリと震えた。逆らえば、明日あそこで泥に塗れているのは自分。それだけはごめんだと、誰もが私の肩を持つ。

「アリスティーナ様からストラティス殿下を奪おうだなんて、身の程知らずもいいところね！」

「そうよ！　美貌も家柄も完璧なアリスティーナ様に、貴女が敵うところなんてひとつもないわ！」

「もっと土下座しなさい！」

周囲からも責め立てられ、とうとう子爵令嬢は顔を地面に擦りつけながら、しくしくと泣き出してしまった。

なんて惨めな姿なのかしら。不細工って可哀想。


気になるつづきは5月12日発売の書籍で！

※現在、鋭意制作中のため本編と異なる場合がございます。

2023年5月12日発売
アリアンローズ新シリーズ先行試し読み

狐仙さまにはお見通し1
―かりそめ後宮異聞譚―

著者：遊森謡子　イラスト：しがらき旭

ISBN 978-4-86657-653-4

アリアンローズ　発行：株式会社フロンティアワークス　©YUMORI UTAKO/Frontier Works Inc.

そうしていればいつまでも、エルーヴの存在が心から消えてなくなることはない。

「私……変わっちゃった？」

視界がぼやける。目頭に熱い温度を感じた。

いくら変わりたくないと思っても、日に日に変化していく身体は止めようもなく、まわりもあの頃と随分変わった。

エルーヴの墓に手向けられる花は昔より少なくなっている。自分が忘れなくても周りが忘れていく。そんな世界にいたくはない。もう見えない残像を探して泣くのには疲れたのだ。

「私だけは変わらないでいたいのに」

あの人を愛したときのまま身体も気持ちも、変化なんて許さない、許したくない。

今、グロウブはどんな顔をしているのだろう。いきなり何を馬鹿なことを聞いているのかとあきれているのかもしれない。

しばらく間を置いたあと、お前は変わった、と耳に響く低い声がそう言った。

変わりたくないという女性に対してこの言い草。やはりこのグロウブという男は気配りが足りない気がした。

「前よりずっと、綺麗になったよ」

天井の換気扇が音を立ててまわる。

こちらは表情を見ていないのに、やけに優しげな顔で話しているだろう声色が私の胸の中の苛立ちを大きくしていく。

手を添えなくてもわかるくらい熱い頬の火照りには、気づかないふりをした。

グロウブの言葉に涙を流す自分が腹立たしかった。

「なんで時間、止まって、くれないの？」

こんな時間まで仕事をしていたのが悪かったのかもしれない。

涙で濡らした腕に顔を押し込んだまま、私は眠りに落ちていった。

＊　＊　＊　＊

腕に顔を押し付けたまま動かなくなったテオドラは、静かに寝息を立て始める。

どうやら本当に寝てしまったようだった。

俺は頬杖をつく。

んん、とちょうど良い寝かたを探しているのか向きを左右に変えている。何度か動いたあと、やっと気持ちいい方向を見つけたのか、左上を向いて落ち着いた。

彼女の目尻が赤く色づいている。

涙のせいもあるが無意識に腕で擦ってしまったのも原因だろう。

こんなに時間が経っても、俺たちの時間は進まない。

手入れがされた彼女の赤茶色の前髪をそっとすくって浮かせると、歳を感じさせないあどけなさの残る寝顔が見えた。

「グロウブ、それ以上は駄目だ」

テオドラの前髪に触れた俺に、受付にいたはずのアルケスが止めに入った。

「何をするつもりもありません。ただ、変わらない為には変わる必要もある」

テオドラの変わりたくない気持ちには、変わろうとしている自分から逃げたいという意思があるのだろうと感じた。

あの事件から十年以上が経った。そして俺は、責任を感じて騎士団を辞めたアルケスとはまた違う形で十年以上テオドラを側で見守ってきた。

どんなに嫌がられたって離れてはやらなかった。

それが逆に本人に現実を突きつけていたのかもしれなくても、彼女がこれ以上心を追いこんでしまわないように、喜怒哀楽を出して少しでも共有できるようにと、自己満足かもしれないがそう意識して振舞ってきた。

そうやって側にいるにつれ、だんだんとわかってきたことがある。

テオドラは、俺の顔を見るのが嫌いだ。

でもからかえば視線はそらしながらも、本当に心から笑う。

少しずつ、少しずつ。

「俺にはロクティスさんの気持ちがよくわかるから。今はそうされても本人が困惑するだけだ」

念を押して言われる言葉に、わかっていますと呟く。

「あのとき、本当は俺が中に入っていたらと、何度も思いました。同じ顔でも重みが違うでしょう？」

「お前……そういう考えは良くないぞ」

「ただ、あの中に迷いもなく入ったアイツに俺は一生敵わない」

亡き人間の想いも行動も、生きている人間はけして、これからも上回ることができない。

どんなに足掻いてもそれは一生変わらないのだ。

アルケスがテオドラの横に座り、その寝顔を眺めた。彼の視線から感じられるものは、自分のそれと同等なのか未だ掴めない。

「今でも……。ロクティィスさんは花神祭になれば、木彫りのリュンクスに白い花を飾ってる」

木彫りのリュンクス。

まだ持っていたのか。

……いいや当たり前だ、テオドラが捨てるわけがない。

愛する男からの贈り物はそう簡単に捨てられやしないだろう。

当時エルーヴから外国の土産として彼女がそれを貰ったときは『木彫りのリュンクス……喜んで良いのかしら』と、相手の贈り物の趣向に照れ臭そうにしながらも文句を言っていた。

「あの日からいい加減動き出さなきゃ、俺もお前も、ロクティィスさんも、前に進めない」

グロウブ、と名前を呼ばれる。

「噂の時の番人。作ったのは誰だと思う」

作ったのは誰か。

常々彼にも相談していた、時の番人の行方。

その行方のみを掴むために探していたが、この間アルケスと話し合った際に作り手はそもそも誰なのかという話になった。

「あの魔法陣を誰にも見られず敷くのは困難なうえに、事件当時不審な人間の報告もなかった。真の犯人であろう人物に記憶を消された技工士は、魔法陣をどう張ったのかまでは覚えていなかった」

「時の番人を使ったのだとしたら、不可能でもないですね」

「ああ。人が絶対にいない時間を下見し、魔法陣を張る。過去に干渉ができるなら何年も前に遡りその場所に魔法陣を張り、時間が経った頃に発動するように手を少し加えればできなくはない」

もし犯人が生きているならば、見つけ次第テオドラは容赦なくそいつを殺すだろう。

苦しい、やめてくれとせがまれても覚悟は緩まない。

血が身体を支配しなくなるまで、価値のない身体にするまで、骨の髄まで。

下手をすれば彼女はもう、殺人鬼と同じ心を持っているのかもしれない。

であればその手を汚させないためにも、俺はお前の横にいよう。

テオドラ。

殺すときは、一緒に。

物語・Ⅲ

良い天気が続く日は太陽に虹がかかる。雨あがりでもないのに変なのと小さい頃はそれを見るたびに呟いていた。

サンサシーという虹。現象の要因としては空気中の湿度がある一定の数値に達すると、太陽の熱と自然界の魔力がぶつかり合って、光の加減で人間の肉眼に色としてそれらが見えるようになるらしい。すべてが一致するのは良い天気の日だけ――、それも、少しでも太陽の熱や湿度が合わないと見られないので、条件が揃ったちょうど良い天気の日、と言った方が誤解を招かなくていいかもしれない。

「ということなんです。わかりましたか？」

「うんー、うーん？　お日さまがキラキラしてるとき？」

「そうです」

依頼人専用の受付に座っていた私は、破魔士の親についてやって来た子供の質問に答えていた。

どうやら昨日見たサンサシーが気になっていたらしい。

親が仕事選びの最中はこちらの受付へ暇潰しとして話しに来る子が多い。

今日はあいにくと依頼人受付は閑古鳥（かんこどり）が鳴いていたので私も良い暇潰しになっていた。

三歳くらいの女の子は前髪を跳ねさせて、虹見たい！　と高揚する頬をおさえながら父親の許（もと）へ走って行く。父親のほうは仕事が決まったようで、女の子の頭をよしよしと撫でるとこちらへ向かってお辞儀をする。私もそれに同じように返したあと、見送りの言葉を投げ掛けて仕事に戻った。

誰も受付に来ない今のうちに、事前調査が必要そうな依頼書を見つけておこうと思い、所長から頼まれた依頼書の山を捌(さば)いていく。

それにしてもサンサシーについてわずか三歳で大人に詳細を聞いてくるなんて、将来は勤勉な子になりそうな予感だ。

私でも幼いときは「きれー」と思うだけで、もう一回見たいなとは思ったけれど、大人にいつ見えるのかなんて聞かなかった。

感心していると、ふいに受付台が地面から伝う震動で揺れた。

地震？

「おいおいおいおいおいおいおいおいおいおいおいおいおいおいおい！　やべーよナナリー‼」

ドドドド、ガチャン！　と扉を開け大きな音を立てて所内に入って来たのはサタナースだった。

揺れの原因はこいつか。恥ずかしい奴だな。

騒がしいうえに人の職場で名前を叫ぶのはやめてくれないか。

何やら焦った様子の彼に温度の低い視線を向けるも、彼はそれがどうしたとばかりに私が座る受付台まで近寄ってくる。

「な、なに？」

物音を心配して駆け寄ってきてくれた破魔士たちを振り切り、汗をだらだらかいた顔面をこれでもかと私に近づけてきたサタナースは、書類を手にしていた私の腕をおもむろに掴んで受付台の上に引きずり上げた。

「やめっ、何すんのよ！」

イテテテ、何なんだいきなり！

放しなさいとジタバタ暴れる私を無視して、受付台からずるずるといたいけな女の子（私）を引き離していくサタナースに、しょうがない、所内で使うまいと決めていた怪力の魔法を唱えるかと指を構えた。

けれどその指はポキッと軽く彼に手折られる。

ちょっと最低なんですけどこの男！

私は突き指状態にされた指を片手に包んでフーフーと息を吹きかける。

「来い！　とにかく来い！」

「これどうしてくれんのよ⁉　いや待て待てわたし仕事中！」

指への被害を訴える私を黙らせるためか、サタナースはその指に向けて手をかざし治癒魔法をかけてこれでいいだろという視線を向けてきた。いやいや、全然よくない。

まわりの職員たちが勝手に連れていかれては困りますと間に入ってきても、彼はお構い無しで突き進んでいった。

「じゃあそこの方、所長さんに伝えといてもらえます？　緊急事態でナナリーは早退ですっ！」

「こらぁ！　勝手に言うな！」

今度は首に腕を引っ掛けられて引きずられていく。

ぐるじぃ!!

人を殺める気かと正気を疑ったが、それよりも何をそんなに慌てているのかとその焦りように顔をしかめた。

外で待たせていた自分の使い魔に私を乗せたサタナースは、早く森の方へ戻ってくれと大鳥の背中を撫でる。キュルルと鳴いて翼を広げた使い魔の首に、私は慌ててしがみついた。

ララとは違う乗り心地で、姿勢をうまくとるのが難しい。

上へ上へと徐々に空へ浮いていく。

「黒焦げたちが探してたアレ、見つけたかもしれねぇんだよ！」

相変わらずゼノン王子のことを黒焦げなどと呼ぶサタナースにあきれつつ、アレ、とは何かと首を傾げる。

「は？　アレ？」

「時の番人!!」

「ええ!?」

騎士団が躍起になって探していたあの人形が、見つかった？

それならお手柄サタナース君だけれども、私にいち早く知らせるのは流石に順序が違わないかと疑問に思う。しかもサタナースが人形のことを知っているということはベンジャミン経由で知ったのか、もしくは『黒焦げたちが～』と言っていたので直接ゼノン王子から聞いたのかもしれない。

だったら騎士団に知らせれば良いのにと言えば、知らせる前に確かめなきゃいけないことがあるんだと叱り口調で言われた。

……なんで叱られなきゃならないのか。

「お前覚悟しろよ。たぶん最悪だぜ」

最悪？

髪をかき上げて苛立ちを露にするサタナースの意図が分からない私は、頬をかいて唇をとがらせた。

＊＊＊＊

「それで～？　おじさまはどうして時を戻せるのぉ？」

「それは～ワシの力が凄いからじゃ～ん」

「え～すっごーい！　おじさまってこの世界で一番の魔法使いなのねぇ～」

「ぐふふふふん」

大変だと森の奥深くに連れてこられた私がサタナースに引っ張られて木々が開けた場所にたどり着くと、そこにはとんがり頭巾を被った小さいおじいさんを相手におべんちゃらを言うベンジャミンがいた。

……。

「何してんの」

心底思った。

流石にあのまま職務放棄するのはまずいので所長に連絡を取ろうとしたら、頭に直接所長がどうしたのかと訊ねてきてくれたので、かくかくしかじかと事情を説明した。

時の番人の情報を所長が知らないわけがないと思っていたらその通りだったようで、どうにも面倒なことになっていそうだということを話したら快く早退を承諾してくれた。

その代わり時の番人発見についての騎士団への連絡は、そのまま私たちに任せるという。

こんな早退の仕方、私事だし本当なら雷を落とされてもしかたないのに（ほんと物理的に）、お咎めなし。

逆に不安で心配になる。

それもこれも全部、この変なお喋り人形の……、

「あれが時の番人なの？」

長い髭をたくわえた小人のおじいさんが、ベンジャミンに褒められて腰をクネクネさせてデレデレしている。喋るうえに動くのか、この人形。

見た目はこのあいだニケに見せて貰った通りのものだった。

実家の庭にありそうな、小人の置き物そのまんまみたいで奇妙な風貌だ。

「このジジィ、森の立ち入り禁止区域の向こう側に置いてあったんだよ」

破魔士の仕事で森に入っていた二人がたまたま見つけたのだという。

「仕事は何してたの？」

「赤鼻の鼠が欲しいっていう依頼があったから捕まえに。あいつら鼻血ぶっかけてくるから嫌なんだよな」

「あれねぇ。尻尾が使えるんだっけ」

仕事中にいきなり連れ出されてイライラしていた私だけれど、サタナースたちも仕事中だったのにはかわりないようだ。

「おじさま素敵～！」

それよりベンジャミンは一体何をしているんだろうか。

「あれは何がどうしてどうなって……？」

お前は恋人があんなことしていて良いのか。サタナースにあの珍妙な光景の経緯を聞いてみる。

願わくは友人があの小人に洗脳されていませんように。

「あのジジィな。黒焦げから聞いてた特徴そっくりだと思って近寄ったらいきなり攻撃してきたんだよ、物騒な人形だぜありゃ。槍が飛んでくんだぞ？　まじこえー」

「あれが物騒……」

「でもベンジャミン見たらやけに懐いてよ。どうしてそこにいたのか聞いたら、女に学生時代をやり直したいって言われて過去に行かせたって、ベラベラ話しだしたんだ」

「情報聞き出すためにおだててるってこと？」

「ああ、腹立つけどな。んで聞いてたらよ、その女はアルウェスって男と恋人になりたいとか何とか言ってたってジジィが言い出したんだ」

「アル、え？」

今、何と言った。

「誰と恋人になりたいって？」

「アルウェスって男」

——いやいやまだあのアルウェスかどうか断定された訳じゃないし、焦ってもしょうがないぞ私。

ほらサタナースだって笑っ……苦笑いだった。

『アルウェス様の隣が私だったら～』

ゼノン王子がハーレに来たときに、受付でチーナがしてくれた話を思い出してハッとする。

もしや。

「伯爵令嬢のトレイズ、覚えてるか？」

「隣の教室だった子？」

覚えている。

そんなに関わりはなかったけれど、彼女の成績は私が常に二位だったように、常に学年五位だった。打倒ロックマンを目指してはいたが、自分より順位が下の子たちにも抜かされないように日々戦々恐々としていた学生時代を思い出す。

「それ、そいつ。しかもアルウェスっつったら一人しかいねーだろ」

『〝アルウェス様の隣が私だったら～〟なんて、貴族の女の人が話しているのを見てしまって。その人形は闇市で販売されていたらしいんですけど、どこかの貴族が落札したみたいなんです』


チーナのあの話、冗談でも聞き間違いでもなかったのか！

衝撃で言葉を失う。

ベンジャミンが聞き出した話によると、ドレンマン伯爵が娘のために時の番人を闇市で落札して、トレイズ・ドレンマンを過去へ行かせた、とのことだった。

過去や未来を行き来するには、まずこの小人のおじいさんに詳しい時間と場所を話し、人形を元の時代の誰にも触れられない見られない場所に置いておくこと。それから希望の場所、時代へと送ってもらう。

そして、元の時代へ戻りたいときは『格好いい時の番人様、わたくしは貴方の奴隷でございます』という屈辱的な言葉を空に向かい唱えないといけないこと。この二点がお約束らしい。

ただし人形が誰かに見つかってしまった場合には、こちらから探しに行かない限り永遠に戻ってこられない。

だから私たちにこの人形が見つかってしまったトレイズは、連れ戻さない限り一生こちらには戻ってこられないことになる。

けれどそもそも、時の番人をこんな所に無防備に置いておくのも変な話だ。

何かまわりに仕掛けとかなかったのかとサタナースに確認すると、そういえば指鳴らししながら歩いていたら何かを解除した感覚があったと言う。そしたら時の番人が現れたのだと。

絶対それ透明型防御膜だろう。

「解除したの伯爵にバレてるだろうな。もうすぐ飛んでくるかもしれねー」

「それまずいじゃん！」

「なぁジジィ」

「ジジィじゃと。お兄さんと呼ばんかい」

「過去を変えたらどうなる？」

過去を変えたらじゃと？　誰が教えるかそんなこと。

サタナースの質問に小人のおじいさんは取り合わないばかりか、目の前にいるベンジャミンのほうを見ては鼻の下を伸ばしている。そして私のことは目にも入っていなかった。

サタナースは、いけすかねぇジジィ！　と鼻の穴を膨らませて顔を赤くするがこの二人、同族嫌悪というか、根っこの部分では一緒なんじゃないかと思う。

「ねぇトキおじさま？　過去を変えちゃったらどうなるの？」

トキおじさま。

サタナースの玉砕(ぎょくさい)を無視して、きゅぴーんと瞳をうるうるさせたベンジャミンの光線が小人の目に眩しく映る。

彼女は両手を合わせて頬を寝かすと、地べたに膝をつけて時の番人を上目遣いで見つめた。

普段もそれはそれはお色気な美人だけれど、今ならどんな男性でも速効で彼女に落ちるかもしれない。

ベンジャミンちゃんそれはおじさま弱いってぇっ、なんて言って時のばん……ええと、トキおじさまは目をおさえた。

「うほん、ごほんごほん、では答えてやろう」

時の番人は背筋を伸ばし、勇ましい顔つきになった。

「時間は直線じゃ、枝分かれはしておらん。運命はただひとつ。それを変えるために動くとなれば未来で多少何か変わるだろうが、干渉したからと言って大きく変わるものはない。死ぬ運命の人間を救おうとしても、死の運命から逃れることはできん」

「少し関わって白を黒にしたところで、結局白は白のままってこと？」

「そうじゃ。ただまれに、過去で大きく関わった人間の未来での記憶が混乱することもある。恋人にしたいっちゅー男がどこまであの女に介入されるかが問題じゃな」

ロックマンを恋人にしたい、そう思ってトレイズは過去へ行った。

サタナースは私にとって最悪なことになったと言った。

そしたら私はどうすれば良いのだろう。

彼女を過去から引き戻して邪魔をさせないようにするのか、それとも、

「俺たちも過去へ行くぞ。ただし三人だけじゃ不安だ！」

考えを巡らせていると、サタナースの気合いの入った声が響いた。

そんな胸を張って不安と言わなくとも。

「こんな緊急事態のときのために、これをアルウェス君が作ってくれた」


『殿下直接語りかけ機』


じゃっじゃーんなんて誇らしげに鼻の下を指で擦り、サタナースは腰の袋から金ぴかに雑に塗られた木箱を取り出した。

なんだそれは。

「これはなぁ、手紙を飛ばさなくても黒焦げの脳に直接話ができる優れものだ。ぷっぷっぷ……あいつが寝てるときでも使えるんだぜ」

「一回本気で王子に絞められたほうがいいと思う」

ゼノン王子からしてみればなんと傍迷惑な道具だろう。過去に一回使ったときは怒られたらしいが、一国の王子様にこいつらは何をしているんだ。他国の王子だったらどうなることか、いや、自国の王子でも同じだ。もっと言えばゼノン王子だからこそ怒られるだけで済まされている。

脳に声を届けるのは雷型特有の電脳系の魔法だから王子に効くようにできているのだろうが、ていうか何のために作ったんだロックマン。王子の護衛はどうした。

「ダッサい名前よね」

普段はサタナースに甘いベンジャミンも、呆れて開いた口が塞がらない様子だった。

＊　＊　＊　＊

サタナースが箱を開けてオーイと話しかけている。その様子をベンジャミンと二人で黙って見守っていると突然、グヌヌ、と物凄い低音の唸り声が箱から聞こえた。

なんだ今の声。魔物みたいだと横にいる友人と目をぱちくり見合わせる。

え、もしかしてゼノン王子の声？

ベンジャミンが視線を箱に戻した。

『お前……二度と使うなと言ったよな』

顔を見なくてもたいそう不機嫌だと分かる声と言葉が、箱の奥底から響いた。

やはり王子の声だった。その発言からサタナースに対して以前に注意したことがうかがえる。

王子も大変奔放な友人を持ったものだ。私が彼の友人関係を知る限り、その態度とは裏腹にサタナースという男は親しい友人の中でも上位に入る程の仲であると認識している。

喧嘩するほど仲が良いなんて言葉をまさに体現したような二人なのだ。

一方でロックマンとサタナースはと言えばそれぞれ王子とは真反対の関係というか、悪友というか、大変タチの悪い関係を築いている。

王子の声から、この怒りの矛先をどうしてくれようかと悩んでいるのが雰囲気で分かった。

機会があったら報復するのを手伝ってあげなければ。

けれど幾度となくおとずれるサタナースという災厄に慣れきっているゼノン王子のことだから、きっとまた怒りながらも許すのだろうと想像がつく。王子が慈悲深くて良かったなサタナース。

「今は緊急事態なんだからいいだろ」

『緊急事態？』

「あの人形見つかったぜ」

『……本当か？』

「それを使って俺たちに関わるかもしれない過去へ行っちまった女がいる。上に取り上げられる前に、お前ら力貸してくれないか」

『今、軍事演習中なんだが』

なんと王子は模擬戦闘中だった。

そんな大事なときにすみません王子。

「そんなもんより俺らの未来だ！」

サタナースは一から説明し始める。

王子だって突然言われて頭の中がこんがらがっているに違いない。しかも軍事演習中。

私だって急に言われてすぐ理解したわけじゃないから、この場にいない王子なんてさらに理解などできていないだろう。

王子が目の前にいるわけじゃないのに、サタナースは話しながら身振り手振りでこれこれこうでとせわしなく表現している。

とりあえず一通り説明が終わったのか、ゼェゼェ息を吐きながら慣れないことはするもんじゃねぇなと額を拭っていた。

『なるほど。なら団長に承諾をもらい次第、アルウェスとそっちに向かう』

「おう、待ってるぞ」

これで準備万端だと箱から顔を離したサタナースは、私に向かって親指を立てた。今更だけれど、行動力という面では私たちの中で最強にずば抜けているのかもしれない。あと本人はひけらかさないが、魔法も並以上に上手い。破魔士としての階級も、もうすぐクェーツからキングス級に昇格できるくらいだ。

ニコニコとそんなサタナースを見つめているベンジャミンを見ていると、他人からじゃ中々見えない部分も含めて彼のことが好きなのだろうと感じた。

『アルウェス！』

箱から王子の声が強く響いた。

何事かと三人で再び箱へ目をやる。

「黒焦げ、どうした？」

三拍子置いてからサタナースが箱へ話しかけた。

『アルウェスが倒れた』

「は？」

『脳に激痛か？　……治癒班、こっちへ来い！』

このとき、私たち三人は確信した。

誰かが声を発したわけじゃない。話し合ってもいない。

ただ、小人のおじいさんが言ったことをそれぞれ思い出したのだ。


――どこまで関わるかが問題じゃな。

ベンジャミンが眉をひそめて私を見つめた。

『アルウェスの代わりにニケを連れていく。待ってろ』

＊　＊　＊　＊

なんで倒れたりしたの。身体は大丈夫なの。脳に激痛って、それって大変なことなんじゃないの。

まさか本当に過去で何かあったわけじゃないよね。

ロックマンが倒れたからといって私が焦るのもおかしな話だろうか。

ぐるぐるぐるぐる、言葉では表せられないくらいの不安がいくつも浮かぶ。

いや別に、不安とか言ったって、ほら、不安にも色々あって、もしロックマンに何かあったら私たちの友人としての関係性もどうなっちゃうんだろうとか、そんなに影響はないとか言ってもロックマンが倒れたとか聞けば、そこら辺も危ういのではないかと思っちゃうし。

声に出さない誰に対しての言い訳だというのか、まごまごと両手をお腹のあたりで握って指を組んだりして遊ばせていると、ニョロッとうねる青紫色の何かが視界の端に入った。

ニョロ？

何かの尻尾？

「ナナリー大丈夫？」

かけられた声にふと顔を上げると、気をとられていた尻尾はニケの使い魔の大蛇オピスの尻尾で、その背に乗る彼女が苦い表情で使い魔と共に地面へと降り立つ姿があった。

軍事演習中と聞いていた通りもちろん隊服姿のままだったニケは、上着のコートやベストを脱いで、黒の長袖姿になる。

「早いね⁉」

「早くもなるわよ」

サタナースが王子に連絡をとってからそんなに経っていない気もするが、素早い到着に少々肩が跳ねる。

緊急事態だものねと頬に手を添えるニケは、動かない私に再び大丈夫なのかと声をかけた。

〝ナナリー大丈夫？〟

そういえば返事をしていなかった。

「うん」

大丈夫かという言葉にきっぱりと大丈夫だと答える。

大丈夫だと言ったあと、大丈夫って何のことだ、何が大丈夫？　など自分が何に対して大丈夫だと言っているのかわからないことに気づく。

思考回路が完全に破壊されている時点で普通の状態ではない。

そんな自分の状態をどこか俯瞰して見ていれば、ニケに続いて上空からゼノン王子が降りてきた。

彼は使い魔の大鳥の背から手をあげると、漆黒の外套をはためかせてこの森の奥、私たちの目の前に着地した。

「おー早いな！　やっぱ暇だったんじゃねーの？」

「演習中と言っただろう」

その場にいたサタナースと一言二言会話を交わしたのち、ゼノン王子がこちらへとやって来て「災難だな」と私へ向けて険しい顔をした。

ほら殿下も心配してたのよとニケが隣で微笑む。

「さ、災難というか、」

……皆私にとってヤバいとか災難だなどと、心配して言ってくれているのはじゅうぶん承知しているが、そこまで言われると何だか恥ずかしくなってくる。だってサタナースにとってもゼノン王子にとっても、ロックマンは凄く大切な友人にかわりないはずなのに、そんな風に私が心配されては情けない。

周りに彼への気持ちがだだ漏れなのだと言われているようなものであることも同時に感じられて二重に恥ずかしかった。

でも今はそんなことで恥ずかしがっている場合じゃない。ロックマンの身が心配だ。

「人形は本当にあったのか。そんなものがあるとは正直あまり信じてはいなかったが」

前髪が伸びたのか少し鬱陶(うっとう)しげに頭を振る王子は、小さいおじいさんこと時の番人を見て微妙な顔をした。

過去に干渉できる魔法や、魔道具なんて聞いたことがない。そんなものを作れる魔法使いがいたら、きっととっくの昔に有名になっていてもおかしくはないはず。けれど表立って名前が挙がらないのは、やはりこの時の番人自体の存在が危険なものだと証明されているようなものだった。

時の番人にそれとなく誰の手で作られたものなのかベンジャミンが聞いてはみたようだが、それに関してははぐらかされて結局聞けずじまいだったらしい。

「時の番人、ベンジャミンに懐いているのでめちゃくちゃ協力的です」

「それは良かった。……そうだアルウェスだが、頭痛と、特に吐き気が酷いらしい。あまり体調を壊すやつじゃないんだが」

「治癒魔法でも治らないんですか?」

「ああ、あまりな。もしサタナースの言う通り、現在のアルウェスが何か影響を受けているのだとしたら、一刻も早くトレイズ嬢を過去から連れて帰らなきゃならない」

「本当なら彼女が時の番人を手にする時間まで遡りたいんですけど、彼女を過去から連れ戻さない限りはどの時間に行っても捕まらないみたいで」

「よくできた仕組みだな、まったく」

ため息をつくゼノン王子に、同調し頷く。

「行く人間が揃ったのなら、そろそろ始めるぞい」

やりとりを遠目に見ていた時の番人が、手を叩いて私たちを自分の周りに集めた。

「過去の世界へ行くにあたり、いくつか注意事項がある。心して聞くように」

真剣な話をする雰囲気を出しているわりには、ベンジャミンの膝の上で抱っこされているせいで台無しになっている。長い説明をされるがフガフガと話しながら時折彼女のふわふわの胸に後頭部を預けている仕草に、変態と叫びそうになる。横で大人しく話を聞いているサタナースも怒りが我慢できないのか、こちらもフガフガと鼻息を立てて睨みをきかせていた。

「過去の世界で自分に会うことは、けして悪いことではない。どうせすぐに忘れるしのう。変えて駄目なことは特にないが、子を宿す行為を過去や未来でしてはならんぞ。のちのち面倒なことになる」

「しねぇよ馬鹿か！」

そんなこんなで変態同士の喧嘩もそこそこに、私たちは番人の指ぱっちんと共に森から消えたのだった。

物語・Ⅳ

身体が宙に浮く感覚。

髪がなびいて、前髪があがって、ヒュオオオーなんて突風のような音が耳元でうるさいくらい響く。

過去に戻るのって空を飛ぶ感じなんだ。

息だって少し……って、

「落ちてる！」

「キャー！」

まっ逆さまって言うのはこういうことなんだろう。

今の私には、綺麗な青空と陸の景色が逆転して見えている。頭が下になって、上空からまだ遠いところにある地面へと落ちていっているのがわかった。

落下の勢いに咄嗟にスカートの裾をぎゅっと押さえる。

別に見られて困ることなんかないけど、下着を見てしまった人に悪い気がしたのだ。主に王子。

「ていうかこれが正規の行き方なの⁉」

もうちょっと安全に過去へ移動しても良いのでは。皆がまだ側にいるだけマシだけれども。

こういうときにベタにちりぢりになっちゃうとか、そういう展開が物語には多いし。

「甘いのぉ、お前たち」

ぐちぐち言っていると、聞こえるはずのない声が聞こえてきたので横を向けば、赤い頭巾を被った小人のおじいさんと目が合った。

ベンジャミンに抱っこされていたあの状態のまま、彼女の腕の中に番人がいる。そのうえ彼女の周りには桃色の膜が張られていて、いつ落ちても大丈夫なように万全な態勢がしっかりととられていた。贔屓が過ぎていっそ清々しいくらいである。

「えっ番人いたの⁉」

「おめー何ついてきてんだよ！」

番人がちゃっかりついてきていたことにビックリした私とサタナースの声が重なった。

私たちが慌てている姿に、ベンジャミンにぎゅっと抱き込まれている時の番人がニヤッと笑ったのが見えた。

こいつ……。

「だぁれが安全に行けると言うたか。のぅ？　ベンジャミンちゃん」

「スケベおやじが！」

全く。空を飛ぶ感じで過去へ、どころではない。

こんな目にあわせられるとは。なんつうじいさんだ。

そもそもこれ、今どこの空でどこへ落ちていっているんだろうか。

落ちていくまま五人で自然と輪になりながら視線を交わす。

「お前たち、自分が魔法使いだって自覚あるか？」

ふわり。

身体が上下逆転して体勢が安定する。くらっとする頭をおさえた私は、呆れたように腕を組むゼノン王子に尊敬の眼差しを向けた。

髪があがりおでこ全開でも凛々しい彼は、私たちをゆっくりとその手で操る。

「ありがとうございます王子～」

そうだ。私たち魔法使えるんだった。

心配事に気を取られ過ぎて、そんなことにも気づかないポンコツに成り下がった自分に腹が立つ。

小人に八つ当たりしている場合じゃない。

陸が近づいてくると、はっきりと見えたのはドーランの城と学校がある王の島だった。

どうやら島の真上から落ちているらしい。

どうせ学校へ行かなくては話にならないからと、王子は島の着地場へと私たちの身体を誘導していく。着地場とは、王の島へ入りこむ正式な入口のことで、ここへ降りないかぎりはどこから入っても不法侵入とされ捕まってしまう。学校でいう「門」のようなところである。

トレイズが行ったのは学校であると私たちの中では満場一致で決まっていた。

さらに番人に聞き出すと、彼女が選んだのは入学式の日だということが分かった。

入学式からどうロックマンとの距離を縮めていこうとしているのか、止めたい気持ちと、止めないで、そのままロックマンがトレイズとそういう仲になるのなら、下手に手を出して邪魔するのは良くないのではないかという気持ちがせめぎ合う。

『いやいやいや！　どう考えてもあったことを無かったことにしようと邪魔してるの、トレイズのほうよ⁉』

ギリギリまでそんな風に悩んでいた私を、ベンジャミンが片眉を上げながら叱ったのは過去へ行く直前のことである。

「彼女は俺たちの入学式の日に行ったんだな？」

「そうじゃ」

再度王子が番人に確認をとる。

その間にも徐々に島の着地場へと近づき、ゆっくりと地面に足先が触れる。ニケ、ベンジャミン、サタナースと、順番に島へと着地した。私もかかとまでしっかりと足を踏み込んで、長いような短いような空の旅から思考を切り替えた。

「まずは切り抜けるぞ」

ゼノン王子はおもむろに指をパチンと鳴らして、私より背丈の低い少年の姿になった。

切り抜ける？

遠くを見つめる王子の視線の先へ全員が目を向けると、王国の騎士が遠くからやって来るのが分かった。確か入学式の日に着地場へ着いたとき、学校へ誘導してくれた騎士がいたのを思いだす。

それだけではない、不審者が入らないように着地場には警備が敷かれている。おそらくこの姿のままでは何用なのか聞かれるうえに、身分を証明できるものもないから、最悪の場合お縄だ。かといって姿を消して隠れても、どこに不審者用の罠があるか分からないし、ここは王子のように自分たちが入学した歳、十二歳の頃の姿になるのが賢明である。

「かわいいですね殿下」

「やだ～かわいい～」

ぷにっと摘まめばのびるような幼い頬っぺた。

ニケとベンジャミンの言葉にちょっとだけ頬を染める王子が凄くかわいい。

そのあとちょっとムッとしている顔もかわいかった。

王子の少年姿にならって、私たちも続いて変身をした。

変身術を使うときは、基本他の魔法と同じ要領で、想像力が必要になる。また、想像するのが苦手な人は、変身する人物の特徴をこと細かく声に出して（生年月日や住んでる場所とか、体型とか色々）呪文を最後に唱える。

「プリナーデ」

ニケは淡いブロンドの髪の長さはそのままに、可愛らしい黄色の服を着た少女の姿に変身した。入学したての頃の、二つ縛りのニケが懐かしくて高揚感がわく。

二つ縛りにしてみてと懇願すれば、ニケは王子同様頬っぺたを赤くした。卒業してからは滅多にしなくなった髪型だからなのか、あんまり見ないでねと言いながらも渋々髪を結わえてくれる。

私は背の低い彼女をヒシッと抱き締めたのだった。

「胸がちっちゃくなっちゃったわ！　やだ～もう！」

　一方でベンジャミンはというと、昔から大人っぽいなと感じていたのだが、大人になってから十二歳の彼女の姿を改めて見ると、いかにそれが子供目線での印象だったのかが分かる。ベンジャミン、普通に幼いしかわいい。

　大きな瞳のまわりには睫毛がばっちりとはえていて、猫の瞳のようなそれからは愛らしさがキラキラとにじみ出ていた。血色の良い肌と赤い髪が重なって、元気いっぱいの美少女という印象だ。今まで彼女に告白した男たちが少ないのは、絶対にサタナースのせいだろう。そうに違いない。何度も言うが本当にあいつで良いのかベンジャミン。

　その隣で鼻の穴をほじくっている十二歳のサタナースの姿について特に言及することはない。

「ナナリーはやっぱり、焦げ茶髪だと違和感アリアリよね」

「元の色なんだけどね～」

　指パッチンをして、瞬く間に小さな姿へ変身した私を見たニケが、肩上までの長さの焦げ茶の髪をじっと見つめてくる。

　今となっては馴染み切った水色の方が、気持ちの部分でも確かに安心感がある。黒に近い色にしてみると、何だか他所のお家に行ったときのような「おじゃましまーす」感が拭えないのだ。

　こうして全員が変化し終わってから約一分後、騎士が側までやってきた。

「……おかしいなぁ？　ここに大人がいなかったかい？」

「えー？　いないよ？」

下唇に人差し指をあてて首を傾げるニケが絶妙にいじらしい。

傍に来たのは白い隊服を着た、鼻の頭にそばかすが散らばった人のよさげな男の人だった。

「殿下？　ここで何をしておられるのですか？」

「友達が迷子になったんだ。ここまで連れてきたが、すぐに学校へ戻る」

「もうご友人ができたのですね。入学の儀まで時間がありませんが、馬車を呼ばれますか？」

「いや、いい。走れば間に合うだろう」

着地場にある時計塔を見れば、入学の儀が始まる三十分前だった。

騎士の人はすんなりと私たちへ道をあけてくれる。

さぁ急いでくださいと、小さな私たちの背中をそっと手で押して促してくれた。駆け足で学校へ向かう中、後ろを振り返ってみると、手を振ってくれているのが見える。

あっさりと通してくれたことに、これでいいのかな、なんて拍子抜けしてしまった。

「島の門番の騎士とは幼い頃から顔見知りなんだが……。たまに話す程度でも、あのジュートという男はなかなか話が分かる男なんだ。勉強で疲れて気分転換をしたくなったときも咎めずに話し相手になってくれる、気のいい奴でな」

走りながら王子は得意気にそう言った。

そんな、だいぶ歳上の男性に対して「こいつは話が分かる男だな」なんて感じることのできる王子は控えめに言って逞しい。

そしてその見た目で話されていると更にカワイイが入ってなんかもう凄い。

「やっぱり黒焦げ呼んで良かったろ？」

「今後一切殿下にあの変な装置使わないでよね。迷惑だから」

「はぁ？　お前あいつの母親かよ」

「母親⁉　誰も産んだ覚えないわよ！」

わーキャーわーキャー、サタナースとニケが後ろで喧嘩していた。

ニケがこんなに言い合いをするのはサタナースくらいである。互いに男だ女だと思っていないのだろう。見事に子供の喧嘩にしか見えなかった。

＊＊＊＊

学校が見えてくると生徒はもう全員中へ入ったのか、校舎周りには人っ子一人いなかった。

そびえ立つ煉瓦造りの大きな正門を、五人並んで見上げる。

「この中から、あの令嬢の気配がするわい」

「分かるんですか？」

気配がするという番人の言葉に反応する。

「ワシの魔法にかかっている奴なら当然じゃ。しかしこの校門、おかしな術がかかっておるな。この門だけじゃない、敷地まわりはすべて防御に似た魔法がかかっとるぞ」

番人の言う通り、この学校にはたくさんの仕掛けがある。主に外部からの侵入者対策として術が施されている箇所が無数に存在しており、先生たちには「生徒に危険はないが、ご両親には気をつけるように言っておいてね」と言われたことがある。

「よしここは俺にまかせろ！」

「どうするの？」

サタナースが意気揚々と腕捲りをしだした。

「おい校長ー！」

大きな声で何を叫んだかと思えば、校内で一番の権力者『校長』を呼び始めた。

ちょ、なにしてんの⁉

何一番厄介な人おびき寄せようとしてんの⁉

「おい静かにしろ、黙るんだ」

「いやだってよ」

「いいから大きな声出さないで！」

「だってそこにさ、」

校長いるし。

「……？」

サタナースの言葉に四人揃ってピタッと動きを止める。

瞬きを繰り返す私たちに、サタナースは校舎側を指差した。

「あ、ほんとだ」

そこには入学の儀が始まるというのに、校門の内側で掃き掃除をしている校長がいた。

＊＊＊＊

魔法学校の校長と言えば、教師という職の中で最も高位の役職である。

私からしてみれば、学校の中で一番偉くて、強くて、高齢で、となんでも一番の人という印象が強い。入学式での第一印象は白髪のかわいいおじいちゃんという感じで、あまり厳格な雰囲気を持たない人だった気がする。五学年の攻守専攻技術対戦で女子の一位になって、校長室へ呼ばれて褒めの言葉を頂いたときには、校長と私はほぼ同じ身長だった。同じくして呼ばれたロックマンも、校長のことは見上げるどころか見下ろしていたくらいである。

校長先生はいつも黒いローブを着ていて、背丈にわざと合わせていないのか単に面倒臭いのか、見かけるたびにズルズルとローブの裾を引きずって歩いていた。

綺麗な白髪は、周りから「白の魔法使い」と呼ばれるほど真っ白である。

髪が長くてちっちゃくて髭も長い先生は、正直おじいちゃんなのか、おばあちゃんなのか、見分けがつかない（髭があるのでそこで判断している）。

校舎周りの草取りが日課で、魔法で駆除できるのにもかかわらず毎日手でむしり取っていたのを思い出す。外で遊んでいる生徒をよく眺めており、だからと言って話しかけに来るわけでもない。草取りをしながら遠目に見てくる校長先生に生徒が手を振っても、笑顔を返してくれるのみで、こちらから話しかけに行かない限りは基本見守っている。

ボードン先生が言うには、楽しんでいる所を邪魔しちゃ悪いから行かないんだ、ということらしい。

そんな我らが校長先生だが、入学の儀の前だというのにこんなところで掃除をしていたとは知らなかった。

地面に散らばっている落ち葉をせっせと掃きだしている。

「ブー校長ー！」

校長室に呼び出しを喰らった数なら学校一だったサタナースは、呼び慣れた様子で「ブー校長」などと叫ぶ。ブー校長とは、サタナースが命名した校長先生のあだ名みたいなものである。ソフォクレス・ブーブドが先生の名前なので、どこからあだ名を取ったのかは一目瞭然だ。またそんな風に呼び始めたサタナースのせいで、以後校長先生は生徒たちからブー校長と呼ばれる運命になる。

なんてことは、まだこの目の前にいる過去の校長先生は知らないだろう。

「ぶう？」

校長先生は素っ頓狂な声を出して周囲を見回し、校門の前にいる私たちと目が合った。

箒（ほうき）を片手に、こちらへと近づいて来てくれる。

「今日入学のみんなかね？　……ありゃ？　そこにいるのはゼノン殿下かな？」

子供姿の私たちを見て、校長先生は今日入学の儀に出る子たちが校門の外にいることを不思議がる。

「失礼します、入学の儀に遅れてしまって」

「ん？　しかしのう、変じゃなぁ……。殿下は今新入生代表で挨拶をしておるのだが、気のせいかな？」

「……」

あ。忘れてた。

「そうじゃん！　お前確かに偉そうに挨拶してたわ！」

大広間の舞台の上にあがり、挨拶をしていた一年生の頃のゼノン王子を思い出す。

まさか王子様と同じ年に学校へ入るとは思わなかったので凝視してしまった覚えがある。それに同じ教室になるなんて想像もしていなかった。

校長のにっこり笑顔に王子は諦めた表情をして、指パッチンをする。

「殿下だめですっ」

解かれた魔法にニケとベンジャミンが悲鳴を上げた。

変身解いちゃったわ！　と焦るのも無理はない。

作戦なんてないようなものだったが、確実に失敗したのは否(いな)めないのだから。

「校長先生、話を聞いていただきたい」

こうなれば正攻法で行くしかないと踏んだのだろう。

変身を解いて大人の姿になった王子は、子供の私たちをかばうように前に立った。

サタナースはそれが気に入らないのか、フンとわざわざゼノン王子の前に出る。

こいつ何を張り合っとるんだ。

私たちがあれこれ訴えるより、ドーラン王国の王子様が直々に話したほうが信憑性もあるだろうし、何より本物の王子様である。危険を冒してまで王子に化けようなんて人間はそうそういないというのもあるので、より説得力があるだろう。

「これまた大きくなったのう～」

校長は大きくなった王子を見ても、目を細めて当初と変わらぬ口調で自然と受け入れていた。

「俺が未来から来たゼノン・ドーランだと言ったら、先生は信じてくださるだろうか？」

どのみち学校の罠がどれくらいあるのかも把握は出来ておらず、引っ掛かって何処かへ追いやられたり捕まって面倒なことになるくらいなら、正々堂々と許可を得て通るのもまた一つの作戦には違いない。追い払われたらそれはそれでまた別の方法を考えればいい。

指を鳴らして、私たちも変身を解く。

「校長先生、私も未来から来ました！　卒業生のナナリー・ヘルです！」

水色の髪は隠さずに大人の姿に戻る。

私たちのことは過去の人の心には残らないらしいので大丈夫だろう。

「俺も未来から来ました！　ナル・サタナースです！」

続いてそれぞれが名乗っていく。

校長先生は怪しむ素振りも見せず、それを大人しく見守っていた。

「おお、それじゃあ久しいのう……そうかそうか。校門をくぐれば君たちが本当に未来から来たのかが分かるから、ほら、さっそく入ってごらんなさい」

ふぉっふぉっふぉ、なんて笑い声が聞こえてくるような、こないような。

手招きをする校長に、ニケがひそっと「これ罠じゃない？」と言って小さく首を縮めた。

確かにここまで疑われないと、逆にそっちがおかしいのではないかと疑いたくもなる。

未来から来た卒業生です！　と言われて、こいつ頭大丈夫かと思うのが当然の反応だと思うのだけど、うーん……。

「校門が怖いのかね？　これにはこの学校に悪意を持って入る人間、そぐわない人間、卒業生ではない人間、教師ではない人間、他にもはじき出す魔法の条件がいくつかあるのだが、こんなところじゃろうか」

校長先生は顎に生えた長い髭をいじりながら微笑む。

「今日はちょうど入学の儀で、校門の生体認識の魔法が効いているかもしれん。一度通ったことがあるのならば、大丈夫だろう。変身魔法で見た目を変えられたとしても、手のシワなど狂いなく細かい所まで似せられるのは本人だけなのじゃから」

「マジっすか？」

「おおまじじゃ」

「じゃあ、行っきまーす」

一か八かで、サタナースを先頭に言われるがまま促されるままに校門をくぐると、肌にビリビリと静電気のようなものを感じた。

けれどそれ以外は何ら変わったことはなく、全員無事に通り抜ける。

あれだけビビッていたのが嘘のようだった。

「ほうら、本当じゃったろ？」

「ビビるぜ普通。つうか入学の儀のときも掃除してたのかよ」

「綺麗にしていれば良いことが必ずある。今もこうして、未来から来たという君たちに会えたしのぅ」

サタナースのタメ口は今に始まったことではないが、普通に受け入れている校長も校長だ。心が広いのかサタナースに何も言わない。校長室ではいつもこの調子で話したりしていたのだろうか。

にしても、最初に出会えたのが校長で良かった。一番偉い人に認めてもらえば動きやすいだろう。

「何だかんだ言って、最初に会ったのが校長で良かったわね」

「確かに」

ベンジャミンも同じことを思っていたようだった。

「して、何用で学校へ来たのかな？」

信じるけれど、まずはどんな用件があってわざわざ未来からここを訪ねてきたのかと質問をされた。さすがにそれを聞かない限りは校舎の中へ入らせることはできないのだろう。まさか教師に会いたくて来たなんてことは、その先生が未来で亡くなってしまったとかでなければ到底受け入れられない理由だし（嘘でもそんな理由嫌だ）、好きな人の隣の席（当時は好きどころか大嫌いの部類である）を奪われそうだからどうにかしたいなんていう、みっともない理由を言うのも躊躇（ためら）われる。

「過去を変えようとしている人間が、この時代のこの学校に入り込んでるんです」

「その子を絞め……、ゴホン。連れ戻すために来ました」

泥棒猫です。

ええ、分からせてやらないと。

悩む私の横でそう交互に校長先生へ訴えるニケとベンジャミンが怖かった。

背中にうっすらとメラメラ燃え盛る炎が見える。

校長はそれを見て心なしか苦笑いになっていた。

「疑問なのだが……過去に干渉できる魔法が、先の世では仕上がっておるのか？」

「いつできたものかは知りませんが、そういう魔道具、この人形が闇市で売られていたみたいで」

ベンジャミンに抱えられている番人のことは、どうせすぐに忘れられるとはいえ詳しいことは伏せておいたほうが良いだろうと、曖昧にぼかして話す。

それくらいに危険な道具であると、私は思っている。

「ではそれを使ってやって来たと……。ところでナナリー・ヘルと言ったかね？」

「はい」

「今年の入学前試験で次席の生徒の名前が確か、ナナリー・ヘルと聞いている。ボードン先生が話しておったぞ。一位はアーノルド家の子供じゃったが」

一位はアーノルド家の子供じゃったが。

「くっ」

ちょっと待って、その話初めて聞くんだけど。

何よ、私入学試験の点数でも負けてたの⁉　負け続きの人生じゃん！

そのうえ、惚れたもの負けの恋愛の世界でも見事「負け」の方に分類されている私なんて、もう、もう――。

倒れそうになる私を友人二人が両側から支えてくれる。

「そうなんです！　そのアルウェス・ハーデス・アーノルド・ロックマンの隣の席がこの子だったんですけどね⁉」

「それを変えて自分が恋人になりたいなんて女が過去に戻っちゃったんですよ！　校長先生どうにかしてください！」

「私たちの友情に深く深ぁ～く関わってくる重要なことなんです！」

またもや私以上に熱烈に訴え続けるベンジャミンとニケだった。

この二人と友人になれる未来に、ロックマンが関わることは必要ないのかもしれない。

けれどやっぱり、思い出をなかったことにされるのは嫌だった。

ふらつく頭を押さえて正気を保つ。

「そうかそうか。まだ席は決めておらんから、頭には入れておくとするかのぉ」

「頭に入れておくだけじゃ駄目なんですって～！」

しかし私たちはこうして学校に入れたわけだけれど、トレイズはどうやって中に入ったのだろうか。あらかじめ校門をくぐれることを知っていて、生徒の中に紛れて入った可能性もある。彼女は今子供の姿でいるのか、大人の姿でいるのか。はたまた違う人物になり侵入しているのか。

中に入ってからなら、変身しても特に問題はないのだと校長先生は言う。

「校長の言うとおり悪意があって校内へ侵入したのなら罠にかかるはずだが、それがないとすれば、本人は悪いことだとは思っていないんだろうな」

「ええ⁉　一番タチが悪いですよそれ！」

首を左右に激しく振るニケの長い髪が、寡黙に腕を組むゼノン王子にペシペシ当たっていた。

「今日は入学の儀だけで生徒は寮へと帰るが、どうじゃ。暫くの間、臨時の教師として中を探ってみるかね？」

その言葉に思わずみんながポカンと口を開けて固まっている中、校長先生だけがふぉっふぉっふぉ、と、楽しげに笑っていた。

＊　＊　＊　＊

校長先生のあとについて行く。

入学の儀の途中なので教室や廊下に生徒はおらず、私たちは職員室へと連れて行かれるようだった。

懐かしい匂いに満ちた空間に視線をあちこちにやる。

あの庭の噴水あんなにきれいだったんだ！　と窓の外に見える女神の噴水を見てベンジャミンが嬉しそうにしていた。隣にいるサタナースがそれに対して照れくさそうにしている理由を、私たち（ニケと私）は知っている。

「ベンジャミンにパートナーにって誘われたところだものね」

「ね」

あの噴水がある場所は二人にとっての人生の分岐点と言ってもいい出来事が起きたところだ。

あの卒業前のダンスパーティー。

あそこでサタナースが彼女を受け入れなかったら、一体どうなっていたか。もっとも、受け入れないことはないとわかってはいたし、そこで振られて諦める彼女ではなかったので心配なんてしていないけれど、とにかくあそこが大事な思い出の場所であることには違いなかった。

「不謹慎だが、楽しいな」

「はい？」

「こうして友人たちと廊下を歩くというのは。いつまでも子供の気分でいるのはいけないが」

ニヤついている私たちの後ろで、ゼノン王子が呟く。

後ろを振り向くと、天井を見上げて微笑む横顔が目に入った。

「殿下と廊下を並んで歩くのは初めてなので、私は新鮮ですね」

ひょい、とニケが一歩下がって王子と並んだ。

「ニケは隣の教室だったもんね」

「そうねぇ。同じ教室だったとしても、畏（おそ）れ多くて近づけなかったかも」

「そうか？　お前は肝が据（す）わっているから、案外そうはならなそうだが……」

それ、肝っ玉の太い鈍感な女ってことですか。

凄く不満げな表情で下唇を突き出すニケに、王子は口に手の甲を押し当てて笑いをこらえていた。

正直ニケならば王子の隣に友人として立っていても大丈夫だったろう。なんだかんだ精神的に強いし。私はあの頃、王子の親衛隊の視線という見えない針が山のように背中に突き刺さっていたので、積極的に声を掛けるなんてことは頻繁にはできなかった。自分ではそれなりに親しい仲になれていたとは思うけれども。突進してくるロックマンの親衛隊とはまた別方角からの攻撃（精神的な圧力がやばい）に肝を冷やした学生時代である。

「職員室だ」

教室のものと同じく一枚板で出来た扉が見えてきた。

壁に掛けてある石の札には【職員室】と書いてある。

「先生たちも今はおらんから、適当に腰をかけていなさい」

校長先生の言うとおり、職員室に入っても、中には誰もいなかった。

「ここで君たちを先生方に軽ぅく紹介しようと思うとる。名前は変えなければいけないが、姿はそのままで行くかのう？」

「どうしましょう……」

この姿のままでは色々まずいような。

私はハーレの白い制服のままだったので、指を鳴らして緑のワンピースに替える。

「トレイズをおびき出すには、俺たちはこの姿のままの方が良いと思う。ナナリーは髪の色もそのままでいろ」

王子が私の方を見て言う。

「えっ、なんでですか？」

「トレイズを刺激するにはそれが一番いい。お前の水色髪を見たら一発で慌てるだろうな」

確かにおびき出すなら、王子の言う通りこのままの見た目の方が都合はいい。魔法をかけたままでいるのもしんどいので、そのままでいけるならそうした方が何かと楽ではある。

しかしトレイズが今どこにいるのか分からないけれど、このまま皆の前に出てしまったら、十二歳のナナリーと瓜二つ過ぎて私が未来の私だとバレてしまうんじゃないだろうか。唯一異なる髪色もいずれ同じになるわけで。まぁでもこの時代の私が水色の髪に変わるのは半年は先だから、大丈夫だと言えるような言えないような……。

いろいろ懸念はあるけれど、トレイズを捕まえるために来たのだから躊躇(ちゅうちょ)している場合じゃない。

「ねぇ、校長先生も含めて、記憶は本当になくなるの？」

ベンジャミンに抱かれたままの番人へ、こっそりと聞いてみる。

「まぁ全くなくなるわけではなく、なっかなか思い出すことはできないが、実際にはあったことになっている」

ややこしいなぁ。

完全になくなるわけじゃない、という所に不安が拭えない。

「まだ型別の授業はせんからのう、三教室に分かれてつくと良い。ヘル君はボードン先生に。ブルネル君とサタナース君はベブリオ先生に。フェルティーナ君と殿下はチュート先生につきなさい」

「え、俺ベブリオかよ！　あいつ厳しいじゃん！」

眉間に思いっきりシワを寄せて不機嫌になるサタナースが名指しで言う、ベブリオ先生。

ベブリオ先生は女子生徒に人気のある男の先生だ。襟足の長い髪に、キリッとした眉毛、いかつい耳飾りをつけた、ちょっとチャラい大人である。けれど見た目のチャラさとは裏腹に、これがなかなか教育熱心な先生で、生徒が魔法を成功させるまで根気強く面倒を見てくれるような人だった。

礼儀や授業態度も他の先生だと、授業中寝ているサタナースを何回か起こしても駄目だった場合はほぼ放置するのだが（ボードン先生は毎回寝てても何も言わない）、ベブリオ先生は違う。授業中に寝ているサタナースがしっかりと起きるまで指で脳天をチョコチョコつつき、終いには魔法で宙に浮かせる。

私から見れば厳しいのではなく、常識の範囲内で指導しているに過ぎない。おかしいのはコイツである。

「先生たちには未来から来たとは言わないのじゃぞ。君たちはあくまでも、私が個人的に用意した補助人員じゃ」

「はい！」

そうして職員室で待っていると、入学の儀を終えた先生たちが職員室に帰ってくる。

そこからはあれよあれよという間に校長先生の口車に乗せられ、集まった先生たちもとくに疑うことなく『校長先生が言うなら』という感じで明日から授業に出ることが決まった。

「よろしくな」

久しぶりに見たボードン先生たちは若かった。

❋ ❋ ❋ ❋

「ナートリーさんは、子供たちに教えるのは初めて？」

「初めてです。なので緊張してしまって」

先生たちが住む寮と同じところで寝泊まりした翌日の朝、校舎内の教室へ向かう途中に、ボードン先生が私の緊張をほぐそうとしてなのか、沢山話しかけてきてくれた。歩き疲れるくらい長い廊下だからか、その分だけ話題を提供される。

今回の設定上、私たち五人は王国の教師学校の在校生で、実習という形で校長先生が受け入れた、ということになっている。細かい設定は校長先生が色々考えてくれたようで、偽名も校長が名付け親だった。たった一晩でよく仕上げられたものである。朝からワクワクと楽しそうに説明されたので、校長先生はもしかしてこういう潜入捜査的な物が大好きなのかもしれない。

『ほっほっほ、好きじゃよ』

とか声に出さないで考えていたのにほんわかとした表情で、好きじゃよ、と言われたので校長先生は得体が知れない（たぶん人の形をしたおじいちゃん妖精）。

私の偽名はナートリー・プロセルピナということになっており、ニケはユノ・オルテガ、王子はユーピテル・トルセタ一、サタナースはパーシアス・ガロ、ベンジャミンはアンドロメダ・ボイズ、と、こと細かく出身地から今までの学歴まで決められている。こうなってくると、校長ってもしかして今まで偽造行為とか何回か平気でやっていたのでは、と少々疑った。

『普段からしてはおらんぞ？』

なんて考えていたらニッコリ笑って釘を刺されたので、野暮なことは考えないようにした。

友人たちと別れるのは寂しいし半泣きになりそうだったが、一度馴染みのある場所へ入ってしまえば肩の力は容易く抜ける。

ボードン先生の教室と言えば、つまりは私自身がいる教室だ。

そこには当然ロックマンもいる。昔のサタナースやマリスだっている。

トレイズは以前の通りなら私の隣の教室、ベブリオ先生が担当教師となるほうにいるはず。

「貴族の子供が多いから大変だろうけど、あくまでも教室の中、校内での指導者は私たちだからね。堂々とした態度でいなさい」

「はい！」

さすが私たちの教室を任されるだけあって、佇まいが違うボードン先生。

いつでもどっしり構えて、どこか人に安心感を持たせる人だった。

「ただし平民の子供がたった二人なのを考えると、雰囲気作りにも慎重にならなくてはね……。横暴な態度をとる連中もいるだろうが、きつく言い聞かせても悪化させるだけだと思ってる。平民も貴族も対等に扱って、優劣がないことを私たちから示していこうか」

「……ありがとうございます」

「うん？　何のお礼？」

「いえ！　何でも」

手を振り、そうですよね、と返す。

ボードン先生、そんな風に考えてくれていたんだ。

ジンと心に沁みた瞬間であった。

「校長も何故こんな偏りのある教室分けをしたのか……。昨日決めたらしいんだが、それにしたって謎過ぎる」

そう言うと先生は頭を抱えだす。

やはり薄々思ってはいたけれど、あの分け方は先生から見てもおかしい割り振りだったらしい。

ボードン先生の目元のシワがさらに深くなったような気がした。

＊＊＊＊

それから間もなくして教室の前に着き、深呼吸をしてからボードン先生の後ろについて、懐かしき教室へと入っていく。

入る前に聞こえていた騒ぎ声や話し声は一瞬で静まり、生徒たちが私とボードン先生の二人に集中しだしたのが分かった。

「俺はレオニダス・ボードンだ。お前たちが卒業するまで一緒だから、よろしくな。それで今日はもう一人、一週間だけ実習生が補佐で入る。ほら、ナートリー先生」

先生に呼ばれて、私は教壇に上がる。それからさらに教卓の前に立たされて、自己紹介をした。

「ナートリー・プロセルピナです。宜しくお願いします」

「ええ！　凄いですわ、先生は何故髪が青いのです？」

「本当だ～」

「髪を綺麗に染める魔法があったら、わたくし是非とも知りたいわ！」

まだ幼いマリスを筆頭に（ええ！　と言ったのはマリス。無邪気な物言いがかわよい）キャッキャと女子生徒たちは頬を赤くして自分磨きに気合いが入っている様子だった。ああいう所は本当に、最初から可愛かったんだけどな。その屈託ない笑顔と歩み寄りを少しでも私に向けてくれていたら、もっとはやくから仲良くできたのかもしれない。とは思うけど、あの月日があってこその私たちだったので、それはそれで良いのかな。

「……」

それにしても、と、あの女子生徒たちがこちらに向ける視線と同じくらいの人数の女の子の視線が集まる場所があった。

「じゃあ最初は出席を――」

「いちいち構わないでくれない？　僕と遊びたいなら早口言葉で『歌唄いが来て歌唄えと言うが歌唄いくらい歌うまければ歌唄うが歌唄いくらい歌うまくないので歌唄わぬ』って言ってごらんよ」

「遊びたいとか塵ほども思ってないし⁉　ふん、別に早口なら言ってやるけど、言えたらそっちが土下座だから」

「はい、どーぞ」

「うたうたいがきてうたうたえというがうたうたいくらいうたうまうまうたたた……あああ‼」

先生の声を遮って、金髪少年と焦げ茶髪の少女が一番後ろの高い席で何やら言い合って騒いでいた。

高そうな衣服に身を包んだ少年と、質素な青い一枚布の服を着た少女。

いつかの身に覚えのある光景に、あいつらは何をしとるんだ、というボードン先生の呟きが胸に突き刺さった。

あれは、あれは……。

「ナートリー先生、これも勉強です」

「はい？」

「話を聞いてきてあげなさい」

ボードン先生の有無を言わせない笑顔に何も言えず、私はあの子たちの仲裁に行けと背中を押されて階段に追いやられた。

なんで私が⁉

ここはボードン先生だろう‼

……あれ、でもあのとき止めに来てくれたのってボードン先生だったっけ？　と思い出してみるも、そうだったようなそうじゃなかったような、記憶にもやがかかったように思い出すことができない。

記憶力には自信があるのだが。

カツカツと音を立てて、私は階段を一段ずつあがっていく。

先生髪の毛の魔法あとで教えてください、という女子生徒の声にも応えながら足を動かす。

「ええと、貴方たちどうしたの？　喧嘩してるの？」

どうしたのって、これ知ってる。

分かりきったことを聞く自分に、内心突っ込んだ。

喧嘩中の生徒二人に私が声をかけると、金髪の少年がくるっとこちらを振り向いた。

硝子玉（ガラスだま）のような赤い瞳に、丸さの残る頬、少しだけ寝癖のある短い髪、不機嫌そうに曲がった眉。

「僕じゃなくて、こっちのお間抜け面（づら）がうるさいんです」

「間抜けづらぁ⁉　もっかい言ってみなさいツルツル頭」

「は？　つるつる頭？」

「何よツルツルしてるじゃない、テカテカのツルツルの金髪頭よ。将来はおハゲ確定ね」

「お前のほうこそ、おでこが広いから将来はそこからおハゲになるんだろうね。可哀想に、未来が視える視える」

　未来の私ここにいますけどね。

　目の前で繰り広げられるけなし合戦に、こんなにも馬鹿馬鹿しい戦いをしていたのかと、呆れ半分悔しさ半分、苦笑するしかなかった。

　こんなにちーっぽけなちーっぽけなどっちもどっちの戦いをしていたなんて我ながら残念過ぎる。互いの唾がかかりそうなほどおでこを突きつけて言い合う姿を眺めていると、なるほど大人になってから分かった。結局これはどんぐりの背比べで、端から見たらなんの生産性もない不毛な言い合い。

　だから先生はいつも真剣にやり取りをしているつもりの私に「ほどほどにしておけ」と釘を刺していたんだ。

　知りたくなかったこの立場。

「うたうたいがうたうたえ――」

　でも……こう見えても今本人たちは本気でこの会話をしているに違いない。だって私だもの。

　小さい私自身とも目が合う。

すると、さっきまでしかめ面になっていたのに、彼女は私を視界に入れた瞬間目を丸くして笑顔になった。

「わーっ先生の髪綺麗ですね！」

「そ、そう？」

屈託のない表情で、さっきまでしぼんでいた蕾（つぼみ）がパッと花開いたように笑った。

おおっと、まさか自分に褒められるとは。

頬を押さえて目を細める。

この子のことだから嘘ではないだろうし（自慢じゃないけど私だし）、あれだけ水色の髪を毛嫌いしていたのにもかかわらず、他人のことになると美意識がまともに働くのは何故なのだろうか。

水色の髪が綺麗なことくらい今となってはわかってはいるのだが、どうにも昔の自分は色んな所が捻（ひね）くれている気がする。

「今から出席とるから、お話は休み時間にすること。ね？」

「はい！　すみませんでした」

「はい」

そして当然のように先生の言うことはしっかりと聞く、自主性もあって協調性もある比較的よい子の二人だった。

さてと。

口喧嘩も終わったので用済みの私はさっさと階段を降りて行く。

先生髪の毛絶対ねー？　という声に手を振って応えるのも忘れない。

教壇まで戻ればボードン先生にどうだったかと聞かれた。

「あいつらは心配なさそうかな？」

「問題はないみたいです」

問題は確かにない。

未来から来たトレイズがしようとしていることを止めに来た私にとっては、ロックマンの隣の席は相変わらず私ナナリー・ヘルで、同じ教室にトレイズがいるわけではないことが分かっただけでも良しなのだ。これであとは行方不明となっている彼女を探し出すだけで、そろそろ意識をそっちへ持っていかなくては。

気を取り直してボードン先生が出席を取り始める。

一番前の席から順に、一番後ろの端までの生徒の名前を呼び終われば、先生は廊下で歩いていたときに持っていた箱を教卓の上に置いて、中に入っている教科書を皆に配り始めた。

――キィ、

「ボードン先生、失礼。ちょっといいか？」

隣の教室のベブリオ先生が扉から顔を出し、ボードン先生を呼んだ。手招いていて、少し困ったような表情だった。

気になってそっちを見ていると、私の視線に気づいたベブリオ先生が、こちらを向いて片目をパチンと閉じる。

やっぱりちゃらい。

ボードン先生が外へ出て一、二分経って再び扉が開いたかと思うと、先生は女子生徒を一人連れて教室へと戻ってきた。

「じゃあドレンマン、しばらくの間こっちの教室にいなさい」

胸元まで伸びた白に近い金髪に、緑色のドレスを着た女の子。

ドレスと言っても、貴族の私服ともいえるような作りであり、けして派手なわけではない。

かわいらしい短めの眉上の前髪に、大人し気な垂れ目に隠れた青色の瞳は、ウルウルと不安そうに揺らいで私を見つめる。

幼いトレイズ・ドレンマンがそこにいた。

❇　❇　❇　❇

姿は未来の彼女ではないのに、何故この教室にと、私の鼓動は速くなる。

「諸事情でここの教室で少しの間過ごすことになる。トレイズ・ドレンマンだ、よろしくな」

「こほっ、ゴホ、……よろしくお願いします」

咳を繰り返すトレイズは涙目で頭を下げる。

動揺しながらも、大丈夫？　と声を掛ける私に、昔からなので慣れていますと返してくれる。

涙目なのは咳をし過ぎたのが原因だとボードン先生は言った。

「えーと、どこだったかな。そうだそうだ、一番後ろの窓に近い席だったかな」

「はい」

「あそこなら空気も良いだろう。みんな――ドレンマンはちょっと身体が弱くて、隣の教室だと空気の循環が悪くて咳が出るらしいから、一週間はこっちで様子を見る。場所もなぁ、隣はちょっと風通しが悪いからな」

トレイズ・ドレンマン。

彼女自身のことは詳しく知らないけれど、身体が本当に弱いのなら大変なことである。

学校にいるのに空気が悪いせいで勉強に集中できないなんて、頭の良いトレイズには厳しい状況に違いない。

元々身体の何処かに疾患があり、治癒魔法でも薬でも良くならない人の場合は、環境を変えて、新鮮で空気も澄んでいて風通しの良い所で療養をすると良いというのを聞いたことはあった。

彼女の場合も今回はそれに当てはまるのだろう。

確かに隣の教室は、窓の正面がちょうど校舎の一部に被っていて、空気の循環は悪そうだった。

ここの教室で良くなるのならそれに越したことはない。

でも待てよ。

入学当初、こんなことあったっけ。

「一番後ろの窓側は、ヘルとロックマンの席か。お前たちちょっとズレられるか？」

「大丈夫です！」

素早く手をあげた私が元気いっぱいに返事をしている。

「先生、無理に窓側からズラさなくても大丈夫です。お二人の間でも大丈夫ですので」

「良いのか？」

ん……？　間？

「はい」

トレイズが私の前を通りすぎて行った。

『邪魔しないでね、ヘル』

「！」

すれ違い様、囁かれるように私へ届いた声。

階段を上がって行く彼女の背を、私は信じられない面持ちで見つめた。

今のは聞き間違いではないと、とっさに耳をおさえる。

そんな馬鹿な。

トレイズ・ドレンマン。

小さな彼女は、あろうことか未来の方の彼女だった。

最初の出欠確認が終わってからの休み時間。

「私たちの教室は平民が二名なんて、なぜなのかしら」

「それだけなら貴族のみの教室にすれば良かったのに」

「本当よねぇ」

教室から出て廊下を歩いていると、幼き日の貴族女子たちがわらわらと集まり、そんな話をしているのが聞こえてきた。

懐かしい光景だなぁと思いながら平民の話をしている彼女たちの横を通ると、すれ違い様にひき止められる。

「ああ！　ナートリー先生、髪の毛の魔法教えてください！」

そうだ、そんなやり取りしてたな私。

瞳を輝かせて興味津々、な様子で前のめりになっている貴族女子たちを見ていると、こういう可愛い部分があるから結局は嫌いにもなれず級友として上手くやっていくことができたのだろうとしみじみ感じた。

もちろん私の忍耐力も忘れてはいけないが。

「え～、おほん。よーし髪の毛の魔法ね」

両手を組んで指をゴキゴキ鳴らす。

「〃いろいろいろつきはじめのおいろ、わすれてぱっぱか七変化〃」

ポフン。

呪文を唱えて指を振り、自分の髪色を黒に変える。そしてまた水色に戻す。

「面白い呪文～！」

「そんな呪文あるんですか？」

私も昔調べたとき、え、こんな呪文あるんだと単純に驚いた。

なんだこれふざけてんのかと一瞬疑った覚えもある。

「これで一時間くらいなら髪色変えられるよ。最初は中々上手くいかないから、全体を変えようとするんじゃなくて、一本の髪の毛とか毛先から始めたほうがいいかな」

「きゃー！　ナートリー先生ありがとう！」

「寮に帰ったら練習しましょ！」

ああ、可愛い。

きゃぴきゃぴとまた輪になって話し出す彼女たちを背に、私は教室から離れていった。

午後の授業があるまで、図書室で一息つくことにする。

他の皆は先生たちに頼まれた雑用があるというので、私は一人だった。

ボードン先生は私には特に何も言わず、何かお手伝いすることありますかと聞いても「ゆっくりしていなさい」とその一点張りだったので、こうして静かな場所に来ている。

学校の休み時間はそこそこ長いので、学生の頃は図書室でよく勉強をしていた。

さっき図書室に入ったときも、入学して最初の登校日だというのに隅の机に私が座っていたのを見かけた。あちらはこっちに気がつかないほど集中しているので、話しかけることはしない。相変わらずだなと幼き日の自分に笑う。

「いやいやそれより、どうしよう」

まさか、ま、さ、か、トレイズがあんな形でロックマンの隣に座ろうとは。

それにあれが未来のトレイズだったとして、今のトレイズはいったいどこへ行ったのか。

憑依(ひょうい)したのか、今のトレイズをどこかへ匿(かくま)っているのか、いずれにせよ問題は山積みであることに間違いない。まずは皆に知らせないと。

ああもう本当に、困ったものである。

「……」

困った、のか私は。

灰色の天井を見上げて頬杖をつく。

雨漏りみたいなシミが広がる古びた天井に、窓から射し込む太陽の光があたっている。

舞っている埃(ほこり)が、キラキラと氷の粒みたいに見えた。

天井まで届くくらいの本棚にはたくさんの実用書や魔法型別の本、占いの本から小説、刺繍(ししゅう)やら趣味の本まで豊富にある。

「自分が気持ち悪い」

ぽそっと口から零れる。

こんな私が、恋愛小説に出てくる主人公のように恋に振り回されているのが、客観的に見て気持ち悪かった。別に、恋している人が気持ち悪いのではなく、ただ自分がとなると、なんとなく居た堪れない気持ちになる。これはきっと、この年齢で初恋を経験してしまった弊害なのかもとも思う。

「気分でも悪いのですか？」

「そんな感じじゃな、……い？」

会話が成立していることに違和感を覚え横を向いた私は、そこにいた人物を見て、テーブルに顎肘を立てていた腕をズルっと崩した。

いたいけな私の顎が木の板へ、ゴッ、と鈍い音を立ててぶつかる。痛い。

「あぁああああアルウェス・ロックマン！　くん」

負傷した顎を指先で撫でながら、声を掛けてきた人物の名前を呼んだ。

「今凄い音がしたような……ああ、いえ名前を覚えていただけたようで良かったです」

彼は訝し気にこちらを見たかと思えば、次には人の好さげな笑みを浮かべて首を傾けた。

目の前には、アルウェス・ロックマン、十六歳がいた。

びっくりした。話しかけられるなんて、まだ先生にも成りきれていないというのにヤバイぞこれは。今の私には他の色々な問題より対応が難しい。

だって、だって生意気なのはやっぱり変わらなかったし、十二歳の私への態度も当然のように悪かった。悪いというより、他者から見ればただの子ども同士の喧嘩にしか見えなかったんだけど、とても自然にトゲがない口調で話しかけてくるから、どうしたらいいのかわからなくなってしまう。

「そんなに本を持って、勉強？」

焦りながら彼の手元を見ると、本をずいぶんと抱え込んでいるのが分かった。

ざっと見ただけで七冊ぐらいはあるだろう。

「僕は四年ほど入学を見送ってから入ったので、同学年の生徒より学習内容を理解していなくてはならないんです。先の先までぬかりなく」

苦笑気味に漏らした「ぬかりなく」の言葉に、私は口を引き結んで瞬きを繰り返す。

なんだろう、今の感じ。

「え、と」

何か言おうとして、言葉につまった。

今、ほんの少しだけ、昔の彼のことをほんのちょこっとだけだけど、理解できたような気がする。

『年齢でも負けてたなんてぇ！』

『そればっかりだな』

ウォールヘルヌスで発覚した年齢差。

私はその年の差を知ったとき正直悔しい気持ちでいっぱいだった。私より先に大人になっていたなんて、私のほうが子供だったなんて、とむしゃくしゃしていたが、今思えばどうやっても埋められない距離があることに我慢ならなかったのかもしれない。

『聞かれなかったから言わなかっただけで』

『身体的な年齢は多分、君やサタナースたちとは変わらないから』

当時の私からしてみれば、いけしゃあしゃあと物を言うロックマンに腹が立って仕方なかったけれど、彼の本当の気持ちはそうじゃなかったのかもしれない。

今、私から見た十六歳のロックマンは同学年の皆との間に歳の差があることに、誰よりも引け目を感じているように見えてしまった。

こんな風に笑うなんて、別に悪いことをしているわけではないのに。勉強をすることで満たされないものを満たすような、底知れないこの子の孤独が伝わってくるのは何故だろう。

「もしかしてお聞きになっていませんでしたか？」

「把握はしていたから、大丈夫だよ」

気まずそうに眉を下げたロックマンに、動揺を悟られまいと振る舞う。

気を取り直すため、私は一つ気になったことを聞いてみた。

「隣の席の、ナナリー・ヘルさん……あっちにいるけど声かけないの？」

我ながらなんつー質問してんだろうかと思うものの、でもロックマンだったら嫌味の一つでも彼女に言ってきそうなのに、それがないから。

ロックマンは私（小ナナリー）がいる方を仰ぎ見たあと、目を閉じて口をへの字に曲げた。

なんなんだその顔は。

「気が散るので近くには、あんまり」

「そ、そう」

なんでそんなことを聞くのかとでも言いたげな視線が突き刺さる。

私はしれっと横を向いてあははと愛想笑いをしたあと、じゃあ先生も大人しく勉強してようかな～なんて言ってさっさと会話を終わらせた。

わかってはいたことだけど、私以外の人間にはだいぶ柔軟で優しく、嫌な態度一つ取らない真面目な少年である。

なにこのロックマン。私こんな対応されたことないぞ。

魔力のこともあった関係で、のちに互いに手が出るほどの喧嘩騒ぎを起こしていく私たちだけれど、その前までのこの嫌われようは何なのか。

会話を無理やり終わらせたものの、ちょっと気になったので疑問をぶつけてみる。

「ええと、なんで彼女に意地悪しちゃうの？」

「……さぁ？」

僕にもよくわかりません。

そう言って私から目をそらすロックマンに、本当にわからん奴だなと口をすぼめた。

自分より小さいとわかっているせいか、アルウェス・ロックマン相手にズケズケと質問を繰り出せてしまうこの状況。

馬鹿だな私。

大人の彼にもこんな風に接することができたらいいのに。

子供の状態じゃないと普通に話せないなんて。

ズルをしているような気がして、なんだか自分を恥ずかしく思った。

「そうだ、先生の家族に姉にあたる人はいますか？」

先程とは打って変わり、ロックマンはにこやかな顔を向けて私に質問をする。

「姉？　いとこの兄ならいるけど、一人っ子だからお姉ちゃんはいないなぁ」

「そうですか」

「何か関係があったりするの？」

質問に質問返しされたロックマンは思案顔になる。

それから数秒、間が空いたと思えば、何事もなかったかのように私を見上げた。

「いいえ、特に。先生が凄く綺麗だから、ちょっと気になったんです」

でた。

でたでたでたでたでた！

「そ、そう」

さらっとなんの気もなしに、表情ひとつ変えず、まるでお世辞ともとれない態度で言い放たれる褒め言葉。

こういうところだよ！

なんなのこの十六歳⁉

身体年齢十二歳とか言っても、中身はこれですよ！

数多(あまた)の女が深みにハマるという噂を長年疑問視してきた私だけれど、この女たらしの底の深さを今、身をもって知ったのだった。

＊　＊　＊　＊

その調子のまま向かいの席に座ったロックマン少年に、私は視線を泳がせる。

彼は手にしていた本を開いて読み始めているが、私がすぐに立ち去ったら避けられたと思われそうでなかなか動けなかった。

別にそう思われても良いが、いや私がロックマンの立場だったら気にしてしまうだろうし。

なるべく自然に立ち去ろう。

「先生は、トレイズのことで何か知っていることがあるんですか？」

「え？」

「え？　何か気づいていたんじゃ？」

おもむろに本から顔をあげて私へそう質問したロックマン少年に、瞬きをして返す。

「……」

「……」

そのままお互いに見合って固まる。

トレイズのことって、トレイズは一人しかいないからあのトレイズで間違いはないのだろうが、気づくって何に気づいていると思われたのだろうか。

というか何でそんなこと聞いてくるんだ。

もしかして、私たちの正体見破られたりしていないよね。

そうだよね。

今この状態でトレイズを名指しするなんて察しがいいを通り越して怖すぎる。

いいやしかし少年時代のロックマンに恐れをなすなど言語道断である。

こいつはただのアルウェス・ロックマンだ。

そう、他の何者でもない。

何もかも見透かしているような赤い瞳から目を逸らしたくなったが、こんなところで怯んでいてはいけないと何も知らないフリをして、気づくってなんのことかと聞き返した。

……どうしよう、またしてもロックマン相手に嘘をついてしまった（子供だけど）。

状況が状況だから仕方ないのだが、この調子だと元の時代に戻ってもまともにロックマンの顔を見られる気がしなくなってきた。

「肌に感じることがあるんです。魔物とか、そういうものが近づくと鳥肌が立つように。トレイズは何か呪いにでもかけられていそうな……大袈裟ですけど魔物に近いようなものが憑いているのかなと思って」

隣に座ったトレイズのことを思い出しているのか、ロックマン少年は私から視線を外して宙を仰いでいた。

魔物扱いされてしまっているトレイズを憐れみつつ、それは勘違いではないのかと言うと、そうでしょうか？　と首を捻って本へと視線を戻した。

彼女とは何回かパーティーで会ったことがあるようで、そこで受けた印象と随分かけ離れた雰囲気になっていたとのことだった。

トレイズはロックマンとパーティーで交わした過去の会話の内容も覚えていないようで、何か変だと思ったらしい。

またトレイズが教室へ入ってきて階段を上がる際、私が彼女を見つめすぎて変な表情になっていたから何か知っているのではと思ったようだった。

「僕の気のせいかもしれません。変なことを言ってしまい失礼しました」

「いや、変じゃない、けど」

「？」

ロックマン少年の言うことを考えてみる。

あのトレイズが未来のトレイズの人格を持っているとしたら、変身魔法で幼く変化（へんげ）しているか、子供の自分の意識に取り憑いているかのどちらかになる。

前者の方だとしたら変身魔法がよほど得意でないかぎり、十分経つ前に魔法が解けてしまう人のほうが多い。

変身魔法が得意で一日中変身したままでも大丈夫な人もいるけれど、途中で解けてしまうこともかなりある。長く潜入するつもりなのだとしたら危ない方法には違いない。

見た目だけを変える魔法ならまだしも、身長も思いきり変えるとなれば身体にも負担となる。

それにこの時代のトレイズをどうするのか、隠すのか、事情を話して懐柔（かいじゅう）するのか——どうするにせよ、面倒なことが山程発生するに違いない。

そこで先程のロックマン少年の発言を参考にしてみるとやはり、憑いている、という考えのほうが有力、いや確実なのではと思い始めた。

「用事思い出した！　私行くね！」

急いで図書室の本棚、奥から三番目に並ぶ心理系の棚の方まで行き憑依に関しての本を探す。

『雷の血』という魔法型の専門書も先程見つけたので、それも脇に抱える。ひらけた場所で本をめくり、何とか情報を集めようと目を走らせた。

憑依は雷型が得意とする魔法でもあり、トレイズも確か雷型だった。

「ナナ、あっ、ええとナートリー先生、こんなところにいたのね」

後ろから肩を叩かれたので振り向くと、ベンジャミンが教材を一冊抱えて立っていた。

彼女は腰まで伸びている長い赤髪を一つに結んで後ろへ流している。

私は慌てて読んでいた本を本棚へ戻した。

「ちょうど良かった。殿下ってどこにいるかな？」

「今職員室で教材を運んでるわよ。ふふ、一国の王子様が職員室で雑用なんて面白いわよね」

両耳につけた大きな緑石の耳飾りを揺らすと、ベンジャミンは首を傾けた。

図書室に小さい私やロックマン少年がいることに気がついているベンジャミンは、小さな声でそう言って茶目っ気たっぷりに笑っている。

「殿下に聞きたいことがあるの？」

「うん」

声を潜めて、図書室からそっと出た私たちは早歩きで職員室へと向かった。

「ロックマンが、あ、ロックマンって言ってもあそこにいたロックマンがね」

「やぁね、わかってるわよ」

「トレイズが変って言うから、やっぱりって思って」

「？　ちょっと待って？　何よ、教室でなんかあったの？」

そうだ、まだトレイズが未来のトレイズだと話していなかった。

ベンジャミンに、つい一時間程前教室でトレイズから言われたことを伝えれば、顔をしかめて何よそれと驚いたのち怒り顔になった。

そんな幼くなってまで変えたい未来なら最初からもっと努力なりなんなりしなさいよ！　と廊下を歩く音がダンッダンッと激しくなっている。とりあえず落ち着け友よと手をひけば、ベンジャミンは大きく息を吐いて私と向き合った。深い海のような青い瞳がゆっくりと瞬く。

「トレイズが憑いているにしろ変化（へんげ）しているにしろ、目的は変わらないわよ。憑いてるなら引き剥がして、変化（へんげ）してるなら連れ帰る」

「うん」

「まず殿下に、……ああこっち！　こっちです！」

ベンジャミンが私の背後に向かって手を振る。

足音に振り返れば、騎士服でもなく軍服姿でもない普通の平民服を着たゼノン王子が、ベンジャミンと同じく教材を片手にこちらへと歩いてくる。ちょうど呼びに行こうと思ってたんですよと彼女が言えば、何か分かったことがあるのかと、王子は真剣な表情で廊下の窓際へ寄った。

ロックマン少年が言っていたことと教室での出来事を話す私に、ゼノン王子は顎に手をかけて目を閉じる。

「あいつがそんなことを言っていたのか」

「ロックマンは昔からそうなんですか？」

ベンジャミンは王子にそう言って図書室の方角へ視線をむけた。

「ああ、まぁな。そういうものに敏感らしい。魔物の気配に関しては特になんだが、肌が粟立つんだそうだ」

「体質とかですか？」

「魔力過多なせいなのかは不明だが、関係なくはないんだろう。だから余計にかもしれないが、ヒューイ伯爵の件があいつの中では相当堪えていたみたいなんだ」

そんなこと、初めて聞いた。

私はロックマンについて、知らないことが多いみたいだ。

そう思うとなんだか寂しいような、でもそんな自分がなんだか嫌で、複雑で。

最近気持ちがちぐはぐだ。

＊＊＊＊

ロックマンの話をしている途中でぼんやり自分の気持ちに思いを馳せて、それからふと、アレがいないことに気がつく。

私たちを連れて来た、そもそもの元凶であるアレ、あの人形だ。

職員寮では皆別々の部屋を割り振られたので（職員寮は男女分かれた学生寮の真ん中にある）、寝る前にベンジャミンに抱っこされていたのを最後に、朝から姿を見ていない。

正直私の友人にベタベタとくっついている（特に胸のあたりに）おじいさんなぞ居なくてもいいのかもしれないが、この過去の世界で頼れるのは私たちの中の誰かより、あの時の番人であることには違いない。

あんな変態だとしても、だ。

ベンジャミン以外にはあの態度だから、私たちに付き合うのが面倒で寮に籠っているのかもしれない。

時の番人はどこにいるのかと彼女に尋ねれば、ああそうそうトキおじさまねと、ベンジャミンは慣れた手つきで開けた白いシャツの胸元に手を突っ込んで茶色い紐の首飾りを引っ張り出した。

えええええ、そんなところに何が。

ちょっとまさか、まさか……。

「ワシャここじゃい」

「この人形変態だよ!!」

紐の先にくくりつけられた小袋から、ぴょこっという効果音をたてて親指くらいに縮んだ時の番人が出てきた。丸っこい赤みのある鼻を擦りながら、さも当たり前のように袋のきわに顎を載せてだらけた姿勢をとりはじめる。

番人へ指先を向けて騒ぐ私に対して、そんな可哀想なことを言わないであげて、窮屈な中にいるんだからとベンジャミンにたしなめられた。

胸元にいて窮屈?

このおやじがそんなことを思うわけがない。

失礼なことを考えている私に気づいてか、胸元にしまわれている間は袋の中にいるので全く気にしていないのだと彼女に灰色の麻袋を見せつけられた。

見ればわかるが、そういうことじゃない。

「ベンジャミンの心が広くて良かったですね」

「おぬしの心が狭いだけじゃ」

なんだとトキおじ。

ギチギチ歯ぎしりをしながら視線を送る私に、時の番人はそれよりあの者はなんじゃと図書室の方へ向けて、紐と繋がれた小袋をユラユラ揺らした。

もう一度図書室の方へ行けと言うが、何回も行ったら怪しまれかねないので拒否をする。

ただでさえトレイズのことで気づいていることはあるのかなんて、何にも知らないはずのロックマン少年から言われたのだ。

私たちの正体に気がついているとかではないけれど、そんな奴がいる場所へおいそれと近づくなんてできない。

時の番人は小さな腕を組んでヴーンと喉を鳴らした。

「あの男。すでに何かしらの『時間』の魔法にかかったことがあるのではないか」

あの男？

あの男とは誰のことだと聞くと、あの金髪の男じゃと言われた。

金髪……ロックマン？

「身体に微かにだが跡があるぞ」

時の番人は薄目で図書室のほうを見つめる。よほど気になるのかブラブラと身体を揺らしているせいで袋が振り子のように動いていた。そんなに気になるならその袋から抜け出して自分の足で行けばいいのに、いっこうに出る気はないらしい。

お前何か覚えはないのかと、いつの間にかゼノン王子をお前呼ばわりして聴き込んでいる。

うちの王子様になんつう無礼なことを。

ゼノン王子もゼノン王子でその態度を気にはしていないのか、番人の目線に合わせて腰をかがめ、聞いたことはないと真面目に受け答えしていた。

ボードン先生のような、質素で襟ぐりが詰められた平民服に踝（くるぶし）まである長いローブを羽織っているせいか、彼が本当に先生に見えてくる。

「なんとも奇妙な気じゃ。ありゃなんという魔法を受けたらそうなるのか……時間の法則を打ち破っとる。あんな者の近くにおったら感覚がおかしくなるわい。お前よく隣に座っておれたのう、感心するわ」

褒められたのか貶されたのかよくわからないが、だいぶ気になっているくせにトキおじさまはロックマンが大層苦手な様子だった。女好きは女好きを嫌いな傾向でもあるのだろうか。因果なものである。

番人の言う「気」なんて私にはわからないので、言われてもそうなんだとしか言いようがない
――そうじゃなくて、そんなのは今どうでもよくて、私は今ゼノン王子に用事があるのだ。

小さくなった時の番人を興味深げに眺めているゼノン王子に向かって、私は膝を折って両手を合わせる。

「殿下、あの、折り入ってお願いがありまして」

「？」

「憑いているものが見えるようになるよう、私に魔法をかけられますか？」

私の言葉に王子は視線をさ迷わせると、ピタッと私の顔を見据えて止まる。

「……視屍か？」

＊　＊　＊　＊

次の授業は一人一人自己紹介ということで、先生や他の生徒らと触れ合う時間だった。

そういえば入学直後にそんなことをしていた気がする。自己紹介を終えたあとは確か校内を探険するとかで、先生が案内をしてくれるのではなく地図を渡されて皆自由行動をしていた記憶がある。

「平民ねぇ」

「クスクス」

サタナースと私の自己紹介のときだけ少し笑い声が聞こえたが、教壇に立つボードン先生がその生徒たちをじーっと見つめて威圧感を出してくれていたので、笑い声はすぐにやんでいた。

その横で棒立ちで突っ立っている私は先生の横顔を見て、両手に持つ名簿をぎゅっと抱きしめた。

昔は気づかなかったけれど、先生には色々と助けてもらっていたらしい。

『座ってるな』

その私の隣では、魔法で姿を隠しているゼノン王子がトレイズの姿を確認していた。

「……あの、良いんですか？」

『良い。お前が視屍で見ることはない』

声量をおさえてやりとりをする。

視屍とは雷型の魔法使いだけが使える魔法で、ようは他人から乗っ取りを受けた人間に誰が憑いているのか視ることができたり、魔物が取り憑いている場合でも同じく、さらにはまわりの生霊死霊が一時的に視えるようになる魔法だった。

精神的に辛くなる、病んでしまう人もいるのであまり自分から進んでやる人はいないのだが、私が見られるように施すのではなく、王子自身が見てくれるということでここに来てくれていた。

その魔法を使うとトレイズに憑いているものだけじゃなく、すべてのものが見えてしまうので王子自身に頼むなんて絶対にしたくはなかったが、私に使うことはどうしてもできないと言われたので、根負けして王子に見てもらうことになったのだった。

凄く凄く紳士的だけれど、けっこう頑固者な我が国の王子様である。

ゼノン王子がいた教室の先生には、体調が悪いので治癒室で休んでいるのだとベンジャミンが伝えておいてくれている。

「トレイズ・ドレンマンです。よろしくお願いいたします」

伏し目がちの目蓋を瞬かせ、順番の回ってきたトレイズが自己紹介を始めた。

艶のある白金の髪を揺らし、お辞儀をしている。

眉上に揃えられた癖のある前髪を撫でつけては恥ずかしそうにしていた。

「アルウェス様のお隣なんて羨ましいですわ」

「でもしばらくの間でしょうから、わたくしが隣に座れる可能性もありましてよ」

「いえいえないないないですわマリス様」

「貴女笑いましたわね⁉」

自己紹介が終わり着席したトレイズを見て、女子たちが羨ましがっている。

そんなに羨ましいかねと思うものの、トレイズがロックマンの隣に座って焦っている自分が言えたことではないだろうと思い直す。

いや別に、隣の席が羨ましいとかじゃなくて、私はただ今の関係性が変わってしまうことが怖いだけで。思い出とか色々。だから席なんて別に、と自分に言い聞かせる。

けれど結局のところ今私はあの場所を守ろうとしているのだから、要するにあいつの隣じゃなければ嫌だということなのだろう。当時の私が全然そんなことを思っていなかったとしても。

トレイズの隣にいる小さい私は、彼女のことをよく知らないせいか、何やらこそこそと話しかけていた。いったい何を話しているのか。トレイズも嫌な顔ひとつせず私の言うことに耳を傾けている様子だった。

口元に手を当てて、たおやかに笑っている。

普通に交流している様子のトレイズだが、何を考えているのかさっぱり分からない。あまり人を疑いたくない性分なのだが（ロックマンは別）、私との交流よりロックマンとの距離を埋めるほうが先決なはずなのに、もしかして外堀（そとぼり）から埋めていくという感じなのだろうか。

悶々（もんもん）としながら見ていると、横にいるロックマンがトレイズに話しかけて、それを見ている小さい私が額に縦ジワを寄せていかにも不機嫌な表情をしだした。

あ、いま舌打ちした。

「自己紹介が終わったら、次は校内探検だ。各自地図を頼りに、色んな所を見てくるといい」

『変だな』

先生が地図を配りだしたのと同時に、王子が私の肩に手をかける。

「え？」

『確かに憑いているはずなんだが、姿が見えない。頭のあたりが黒いのは確認できたが』

「それって？」

『憑いているのは本当にトレイズなのか？』

いったいどういうことなのか。

トレイズが憑いていたとしたら彼女の姿が重なって視えるはずらしいのだが、頭の部分が黒いということしか確認できないという。でも確かに時の番人はトレイズの名前を出していたので、今までの経緯を考えてみても本人には違いないはず。なら、やっぱり本人が変化（へんげ）している？

「でも、そういえばさっき」

――肌に感じることがあるんです――

――魔物とか、そういうものが近づくと鳥肌が立つように――

――憑いているのかなと思って――

あのロックマンの言葉には、聞き逃してはいけない何かがあるのかもしれない。

身勝手な女の話

ロックマン公爵邸。

「どうぞお入りになって。アルウェスのお見舞いに来てくれてありがとう、トレイズさん」

「いいえ、わたくしこそこうしてお見舞いにうかがうことしか出来ませんが……ほんの少しだけでもお顔が見られればと思いまして」

「この子が寝込むなんてそうそうないのだけど、お友達や部下の方も来てくださって、なんだか私のほうが嬉しくなってしまうのよね」

不思議だわ、そう感慨深げに言うアルウェス様の母、ノルウェラ・アーノルド・ロックマン様は、公爵夫人にしては派手さの少ない紫のドレスを翻し、息子が眠る部屋の扉を僅かな隙間を残して、そっと閉めた。

ノルウェラ様いわく、彼が訓練中に倒れたという報告は城を通し、生家である公爵邸へ伝えられた。

幼い頃のような魔力過多や戦闘中に傷を負わされたというならばともかく、身体を内側から壊すということは彼に限っては稀であったため、公子に起きた事態に屋敷内は一時騒然としていたそうだ。

ノルウェラ様によれば容態が安定した彼を公爵邸で引き受けてから、それはもう目まぐるしく、現在は自分の領地で生活を送っている長男のビル・アーノルド夫妻が見舞いに訪れたり、アルウェス様の義理の姉であるメリー・アーノルド様のご両親が数時間後には花を持って顔を見に来たり、現王妃の生家であり三大貴族のブナチール家次期当主タフナス・ブナチール・アッカルド様が頭痛に効くという外国の柔らかい菓子を届けに来たり、同じく三大貴族モズファルト家の使者が大量の果物を届けに屋敷の扉を叩いたりと、来訪者があとを絶たなかったそうだ。

貴族、特に親族間の情報の流れは凄まじく早い。

「……」

部屋から遠ざかる足音を、目を閉じて確認する。

薄く目を開ければ、レースのカーテンの隙間からあまく光がさしている。

まばゆい宝石のような夕陽が、沈んでいくのが見えた。

それと同時に窓硝子に反射して映る自分の暗い色のドレスが目に入ったが、そこからすぐに目をそらす。

私らしい、薄汚い色。

アルウェス様の寝室は壁一面が書棚になっていた。

意外、とは思わなかった。

勤勉な人だというのは昔からわかっている。部屋の装飾も最低限で色味は少ない。

だというのにこんなにも部屋がまぶしく見えるのは、目の前の寝台に横たわる男のせいだった。

陶器のようになめらかな真白い額が金色の髪の隙間からのぞき、薄く色づいた形の良い唇が僅かに開いている。目蓋は閉じられたままで、長い睫毛には小さな塵埃(じんあい)がついているせいか、夕陽にあたりきらきらと星のように輝いて見えた。

白い寝着(ねまき)の上を滑る、長い金糸の御髪(おぐし)に、そっと触れる。

とても柔らかかった。

「アルウェス様……」

ドレスの胸元に手をさし込み、隠していた短剣を取り出す。

剣の柄(つか)には七色の宝石が煌(きら)めいている。

紅玉髄(べにぎょくずい)、藍玉(らんぎょく)、黄水晶、翠玉(すいぎょく)、天青石、金剛石、黒縞瑪瑙(くろしまめのう)。ちりばめられたそれらは、薄い手の平に冷たくしみてくるようだった。

短剣を握りながら両手を肩に回し、震える自分の身体を押さえつける。

こんなみっともない姿は誰にも見られたくない。

視えないものに常に監視されているような圧迫感。

息苦しい。

日が沈んでしまわないうちにやりとげなければならない。

もう後には退(ひ)けない。

契約してしまったのだから。

自分にそう言い聞かせ、意を決して短剣を振り上げる。

「アル、」

ずっと貴方を、あの子よりずっと昔から見てきたのに。

幼い頃、王宮の庭で出会ってお互いのことを話したときからずっと。

私、トレイズ・ドレンマンは、ジョグセッド家の三女だった。

ジョグセッド家は三大貴族ではないものの、それに次ぐ家の歴史の古さから親交は幅広く、歴史を重んじるドーラン王国の中での地位は高い。

血がなにより尊いとされているこの世界では、古くから一族が途絶えずに今もなお繁栄しているということが誇りになっている。

家督を継げるわけでもないのに、ただ勉強しかできない私を、婚姻の道具にしか思っていない家族。

無理やり連れられる舞踏会は苦痛でしかなかった。

隠れて幼い私に手を伸ばす、侯爵の男が心底気持ち悪かった。

お前は将来自分の伴侶になるのだからと、手を撫でられたときはぞっとした。

どんなに勉強を頑張ったって、この世界から抜け出せるわけじゃない。

『いや！』

でも、せめてこの場所から逃げ出したいと願ったあの日。

侯爵の手を振り払って、王宮の庭へ駆け込んだあのとき。

『こんなところで、どうしたの？　泣いてるの？』

運命か必然か、貴方はそこで私を見つけて、優しく抱きしめてくれた。

いつも自分の世界に閉じこもっていた私は、彼が何者なのか最初はわかっていなかった。

ただ、僕も舞踏会はうんざりだと、そう言って涙を拭ってくれた貴方を、私はこの人こそが運命の相手なのだと思い込んだ。

後日、侯爵の男の汚職が判明し彼とジョグセッド家との縁談がなくなったのも、これは貴方と結ばれる運命の布石なのだと信じていた。

私は今までもこれからも、彼のそばにいたかった。一番近くの存在になりたかった。

『ロックマン！　今日こそ負かしてやる〜！』

いつも彼のそばにいたナナリー・ヘルは、私にとって邪魔でしかない。平民のくせに。

なんであの子なの？

学生時代から、そう何度も、彼の背中を見ては問いかけていた。

シュテーダルという魔物が倒された後、社交界でのアルウェス様の噂は私にとってつらいものばかりだった。

彼は平民との婚姻を望んでいるのか、相手は水色髪の女性らしい、世界を救った英雄同士お似合いだ、なんて。

彼女なんていなくなればいいのに。死んで、いなくなってしまえばいい。

けれど彼女がこの世から消えるだけでは、アルウェス様の中にいるヘルが消えることはない。

だから私はその記憶を、彼の中から思い出ごと全て消してしまいたい。

憎いのは彼女。

でもそれ以上に、もっと憎いのは貴方。

なぜ私ではないの。

「う、うっ……」

ポタポタと涙がシーツの上にこぼれ落ちる。

手に握る、冷たく硬い無機質なそれがゆらゆら揺れた。どうにも振り上げた短剣の行き場が定まらない。

早くこの人の心臓に突き刺さなければならないのに。

ほんの少しの良心が邪魔をする。

「泣いてるの？」

下から聞こえた声にハッとする。

冷や汗がじっとりと肌にしみた。

バレてしまったかと思い顔を強張らせて彼を見るが、目は瞑ったままだった。

良かった、寝たままだ。

けれどホッとしたのも束の間、

「泣き虫だよね……昔から」

寝惚けているのか、起きているのか、どちらなのか分からない。

私は目を閉じたまま話を続ける彼を見つめた。安らかな表情で、声さえ出していなければ、寝ているままだと誰もが思うだろう。

「城で、初めて会ったときも泣いてたね」

低く、途切れ途切れに紡がれる言葉に耳を澄ます。

短剣を持つ手はその反動で、ぶるぶると震えていた。

「その短剣で僕は殺せないんだろう」

この人は、いったいどこまで知っているのか。

「たぶん命じゃなく、記憶を殺すんだね。……それに、僕が狙いじゃないらしい」

途切れ途切れだった喋りは、だんだんハッキリとしたものになっていく。

「僕に混沌の薬を飲ませたのは君か、もしくは君と一緒にいる誰か……。騎士の人間を操れるなんて、相当な技術の持ち主だ」

騎士の男に呪文をかけ、アルウェス様が口にするものに薬を入れさせたことにも気づかれていた。

「誰が君の心の隙に入り込んだのかな」

強く閉じられていた目蓋が、ゆっくりと開かれていく。

「話してごらんよ」

短剣を床に落としたときにはもう、

「君に呪いをかけた奴のことを」

その赤い瞳が私を捕らえていた。

物語・V

どうにもおかしい。

その言葉を最後にゼノン王子が私から離れた気配を感じる。そしてその場でしゃがみ込んだのか空気が揺れた。一呼吸おいたのちに、んん、と王子のくぐもった声が聞こえる。

もしかしてトレイズを見るのと同時に見えてしまうというあの、この世のものではないモノを見てしまったのだろうか、気分の悪そうな様子が伝わってくる。

「殿下、殿下？　大丈夫ですか？」

掠れ声で囁いているので彼に伝わっているのかは分からないが、どうしよう、王子の意見を突っ撥(ぱ)ねてでも自分が見ればよかった。本当に申し訳ないことをお願いしてしまった。

「昼前には教室へ戻るようにするんだぞ。全員揃わなかったら食堂に行けないからな」

皆は教室から出る準備を始める。

「ナートリー先生も見てきて良いですよ」

生徒たちの声が騒がしくなっていく中、ボードン先生が教材をまとめながら私へ笑いかける。

王子へ意識を向けつつ、不審に思われないよう私も笑顔で応えた。

「私も良いんですか？」

「先生はこの学校の出身ではないから、迷わないように色々見てきてください」

そうだ。今回の設定じゃ私たち、この学校の出身じゃないんだった。

ドーランには他にもいくつか学校があり、私たちはその中でも、王の島真下近辺にある王都学校の出身、ということになっていた。

「他の教室の先生もまわるだろうから、一緒に行くといいですよ」

「ありがとうございます！」

教室から出て皆と合流できる絶好の機会だ。

ゼノン王子も、ひとまずこの教室から出さなければ。

「探検って、わたくし初めてだわ」

「マリス様、まずは一階の校舎からまわりましょう？」

「そうね」

自由に見てまわって良いというのは幼心に探求心がくすぐられるのか、ほくほくした表情の子供たちがとても可愛かった。

男子生徒らがいつものすました態度とは裏腹に、駆け足で教室を出て行くのが見える。ドーランのシュゼルク城並みに大きくて広い謎の多い校舎なので、冒険心が刺激されるのも無理はない。

そしてそんな中、もちろん友人などこの時点で出来ていない幼い私は一人で教室を出て行く。

寂しい姿に見えなくもないが、何とも逞しい姿というか、ここから見ていても瞳がキラキラ輝いているのがわかった。男子生徒同様わくわくしているのだろう。

確かあの日は校舎内を走り回っていたという記憶がある。こんなに広い建物に入ったこともなかったので、手あたり次第扉を開けてはじっくりと観察をしていた。

一方でロックマンはというと幼いゼノン王子の隣に陣取り、その周りを女子たちに囲まれながら教室から出て行くのが見えた。

不思議なことに王子が隣にいる時、貴族女子たちは周りを取り囲むものの若干空気のように静かになる。空気というより、あまり話しかけることがないように思う。王子に配慮してなのか、二人並ぶ姿を後ろから離れて見守っている感じだった。王子の親衛隊に遠慮してのことなのだろうかと未だ不思議に思う光景である。

肝心のトレイズはというと、ロックマンの後ろで他の女子たち同様ついて行く姿があった。儚（はかな）げで大人しめな外見とは合わない、少し行動力のある彼女。

いったいその目的は何なのか。

ボードン先生も教室から職員室へと移動したので、教室内は私一人となる。

「もう魔法を解いても大丈夫です」

「ああ」

ゼノン王子は私以外誰もいなくなったのを見計らって指鳴らしをした。

ポン、と魔法が解けた音と共に現れた王子は予想通りしゃがみ込んでおり、額に手を当てながら床に視線を向けてため息を吐いていた。物凄く辛そうである。

こんな姿見たことないので、思うより相当堪えているようだった。

再度大丈夫かと声を掛けると大丈夫だとは答えてくれるものの、視線が上にあがらない。

こんな時ロックマンだったならとつい考えてしまうのは私の悪い癖だ。

ロックマンだったなら何なんだ。

私は彼じゃない。

「殿下、私の手を見てください」

ゼノン王子の横に私も同じようにしゃがみ込んで、幾分か彼の視線よりも低くなるよう腰を下ろす。

失礼しますと一声かけ、彼の目元にそっと右手を被せた。

完全に視界を覆ったことを確認した私は呪文を唱える。

「花に太陽の光、草原を走る風、朝露の滴（しずく）、葉脈の鼓動、白羅草（はくらそう）の香り」

手のひらに神経を集中させる。

「胡蝶（こちょう）の羽、川のせせらぎ、雪の結晶、流れる星の瞬き」

そのまま手をかざしていると、王子の表情が少しずつ和らいでいくのがわかった。

青みがかって引き結ばれていた唇も、いつも通りの薄く赤みのある健康的なものに戻っている。

目元にある私の手をゆるく掴んだ王子は、ゆっくりとそれを外して隣にいる私へ笑いかける。

「とても綺麗な魔法だ。凄いな、お前は」

抑揚のない、けれど優し気な低い声でそう言うと、黒髪を揺らして彼は目を細めた。

この魔法は癒しの魔法と呼ばれるもので、治癒魔法とは違うが精神的な病気など治癒魔法では治せない部類の症状に効く魔法である。対象者はこの世では見ることのできない美しい光景を見ることができ、五感にも作用するようで、ほのかに良い香りも感じられるようだった。

魔法をかけている私にはどんな光景が見えているのか全くわからないが、ゼノン王子のすっきりした表情を見る限り、良い光景だったのには間違いないようだ。

「ナナリー、殿下！」

ホッと一安心していると、教室の扉からニケが現れた。

「やっとベブリオから解放されたぜ。あいつまじで男に厳しいんだよ」

サタナースとベンジャミンもその後ろに現れる。

ボードン先生が言っていた通り、彼女たちも自由に学校内を見て良いと言われたようだった。

＊　＊　＊　＊

「今のトレイズに憑いているのが、もしかしたら未来のトレイズじゃないかもってことですか？」

「そうなってくるとまたややこしいことになるんだがな」

素っ頓狂な声を出すニケに、ゼノン王子は目を瞑った。

校内探検をしながら五人で廊下を歩いていく。

薄暗い廊下は、昔はお化けでも出てきそうで怖かった。

「あれがそもそもトレイズなのか、何かが化けているものなのか、だが化けているものにしては上手すぎてどうにも。あんなに長い間変化していられるのも不気味だ。時の番人に依頼したのは本当にトレイズだったのか、そもそもそこから何か間違っていたんじゃないか？」

「おいジジィ、王子様の質問には正確に答えろよ」

王子の言うことにも頷ける。彼の魔法をもってしてもトレイズに憑いている何かを見ることは叶わなかった。通常であれば見えるはずのものが見れないとなれば憑いているものがいないとなるけれど、王子が見たのは黒い靄だ。見えなかったわけじゃない。何かが確実に憑いている。

時の番人はベンジャミンの胸の谷間からヒョイと顔を出すと、首を捻って口をモゴモゴし始めた。

「そぉんなこと言ったって、ワシだって久方ぶりに人間を過去へ送ったからのぅ。身元の確認なんちゅうもんも別にしとらんし」

「おいおい、ってことはなんだよ。そいつが誰であろうととにかく頼まれたら送ってたのか？」

「ふん」

サタナースのじとりと冷めた視線から逃げようとしてか、時の番人は唇をふいっと捻じ曲げてそっぽを向いた。

こいつ、黒である。

＊　＊　＊　＊

人気のない校舎の廊下を五人で歩きながら時の番人を問い詰める。

もちろん小声でだ。

「いいですか。正直に話さないと痛い目にあいますよ」

「フン、怖くないわい」

他の学年が授業中なので変わりないので、周囲に注意を払いながら進む。

「で？　どういうことなんですか」

簡潔に述べなさい。

ニケがベンジャミンの胸から時の番人を引きはがし、両手でがっしりと掴んで尋問を始めた。

それまでお前たちに用はないだの心がせまいだの小尻だなどと、さんざん私たちに向かい（もちろんベンジャミンは除く）文句をたれていた番人は急に大人しくなった。

冷や汗を流して目をキョロキョロさせている。

ほれ見ろ言わんこっちゃない。

見た目はそうは思えないけれど、この美人さんはまがりなりにも騎士団の人間である。

小声ながら迫力は断然そこいらの強面たちより勝っていた。

「わ、ワシをあの見世物小屋から持ち出したのは、どこぞの令嬢で間違いはないんじゃが……」

見世物小屋とは、闇市のことだろう。

「個人の情報なぞ、ワシゃどーでもいいんでね。……そもそも聞き出してもなんにもなんないもん」

「もんとか言っても可愛くないし」

頬をプゥと膨らませているけれど当然それも可愛くないし、ただやかましいだけである。

「よく無事でいられましたね」

本当に、よく今までそれでやってこられたな。

たとえ人形でも、こんな下手な真似をしたら牢獄行きか、最悪存在を抹消されてしまうぞ。

「結局なんの確認もしてないんですね?」

身元の確認は口頭で行われるのだということが分かった。

お前は誰だと聞かれたら、はいニケ・ブルネルです、と私が答えてもいいわけだ。

時間を戻ったり越えたりするというたいそうな魔法を使うのでそこらへんは厳しくしているのかと思っていたのだが、そんな簡単にやっていたのかと思うと怖くなってくる。

だって私たちが知らないだけでいつの間にか過去が変わっていたりするかもしれないなんて。

考えただけで恐ろしい。

今回はたまたま見つけたから良いものの、あまり影響はないとは言え気づかなかったらそのまま思い出が書き換えられることになっていたのだから。

となると、普通の生活を送りたいという私の願いのもと、世界中に書き換えの魔法を施してくれたロックマンのあれって実はとんでもないことだよな、と思い返してしまう。

時の番人へ向けていた視線を外して思案顔をしている私に、ベンジャミンがどうかしたのかと目線で聞いてきた。

「いや何でも」

こほんと咳払いをする。

でもあれはそういう傍迷惑なものではなく、王様の了承も貰っていたようで、他人さまの未来を変えるほどのものではないので。時の番人がしていたこととはそれとは違い、人々の暮らしを脅かす行為で間違いない。こんなやばい奴とロックマンのあれを比べちゃ失礼だ。

「今まで何人の――」

「先生たちも探検ですの？」

今まで何人の人間をこうして過去や未来に飛ばしていたのか私が聞こうとした所で、遠くから女子生徒の声が掛かった。

ニケは慌てて番人を懐へ隠すと、私たちの後ろにそっと退く。

振り向くとロックマンたちの後ろを追いかけていたはずの、マリスを含めた貴族女子三人がそこにいた。

教室を出て行くときに彼について行かないのは珍しいなと思ったものの、廊下を出るときに聞こえた「やっぱりアルウェス様のところに！」というマリスの声で、てっきり一緒にいるものかと思っていたのだけど。

三人は先生から渡された学校の案内図を片手にこちらを見つめている。

彼らと一緒ではなかったのかと疑問に思い訊ねれば、はぐれちゃったんです、と皆してシュンと廊下に視線を落としていた。

確かに曲がり角は多いし途中に分岐する廊下もあるしで、迷ってしまうのも無理はない。

マリスの赤茶色の大きな瞳がうるうる揺れていた。

「大丈夫ですわマリス様！　アルウェス様でしたら必ず私たちを見つけてくださいます！」

すると突然、三人の内の一人、マリスの善き理解者兼相棒であるサリーが（勝手に私がそう思っている）握りこぶしを顔の前にかかげてそう言った。

「王子様は気長に待つものですわ、上の階にでも行きません？　さながら塔の小さなお部屋で待つお姫様の気分になりましてよ！」

さっきまでの切なげな表情はどこかへ消えて、思いついたようにマリスたちへ檄をとばし続ける。

もしかしたら泣きそうなマリスの顔を見て元気づけようとしているのかもしれない。

なんて優しくてよい子なんだ。

「な、なるほど！」

幼くとも、一人前な女の子の発想が可愛い。

サリーの熱が徐々に移ったのか、他の二人はうるうるさせていた瞳を違ううるうるで輝かせ始めた。

さすが女子からの信用と信頼を得ている男、アルウェス・ロックマンである。

そこらの神よりよっぽどあてにされている。

そしてそれを目の前で聞いていた本物の王子様である、ユーピテル・トルセター先生あらためゼノン王子は、君たちの王子様はたぶん二階の芸術の部屋にいるぞ、と腰を折り親切にロックマンの居場所を教えてあげていた。おそらく昔そこへ行った覚えがあるのだろう。

「先生ありがとう！」

「そうとなればさっそく行かなくては」

三人はドレスの裾を持ち上げると、さぁどちらから行きましょうか、途中で鉢合わせてしまっても嫌ですし、と最初の目的を忘れているのか、いつの間にか彼らに見つからずに上の階へ行く作戦を立てていた。

おい君たち。

「ならあっちの階段から行くと良いわよ。あんまり使う人がいない裏階段だから」

「本当ですか？　先生に感謝だわ！」

走り去って行く彼女たちの背中を見送る。

「なんでそんな所知ってるの？」

裏階段を勧めたベンジャミンにふと問い掛ける。

「ナル君を待ち伏せするのによく使ってたの」

サタナースは両手で顔を覆っていた。

❋　❋　❋　❋

食堂ではさっきまで昼ご飯だったからか、食欲をそそる香りが廊下に流れてきて私たちのお腹を刺激した。お腹がすいた。そういえば朝から何も食べていない。

いいやそれよりも、トレイズがどこにいるのか見つけなければ。

もう時の番人を質問責めにするより、本人に突撃してしまったほうが早いかもしれない。

「トレイズの髪の毛とっておいたんだけど、これでどうかな」

鳴りそうになるお腹をおさえて、白金の柔らかな一本の髪の毛を皆に見せる。

魔法陣で手っ取り早く本人の許まで行くのも考えたが、転移した先に万が一他の生徒がいて私たちの姿を目撃されてしまったら不信感をあおり混乱が起きかねない。

姿を消す七色外套の魔法をかけたまま魔法陣で転移したとしても、転移先で魔法が解けてしまうのでそれもできない。

ここは過去である。

なるべく慎重に、穏便に行かなくては。

ということで。

「いつの間に手に入れたんだ？」

トレイズの髪の毛を人差し指と親指ではさんでクルクルとまわしていると、ゼノン王子の目がまじろいだ。

「教室から出てくるときに、彼女の机まで行ったら落ちていたのでここぞとばかりに……。記憶探知で探るのも良いかと思ったんですけど、人に見られたらちょっとと思いまして」

あのとき王子はまだ具合が悪そうだったので、気づかなかったのも無理はない。

「彼の者の血よ、宿主の許へ戻れ」

摘まんでいる髪の毛に息を吹きかけて、呪文を唱える。

人の血液の成分が多少なりとも含まれている物は、基本的に宿主への帰巣本能があるとされている。

人探しにはまさにもってこいの代物で、その中でも髪の毛は魔法をかけるのには扱いやすい。

ならば行方不明の人を見つけるのも容易いのに、なぜあまり一般的でないのかというと、それには理由がある。

「ちゃんと案内してくれるかしら……？」

「成功率、低いものねぇ」

ニケとベンジャミンが不安な面持ちで注視する。

この魔法の効き目は髪の毛一本一本の丈夫さにかかっており、細い毛、傷んだ毛、縮れた毛、短い毛だとあまり役には立たない。もともと癖毛の人の髪の毛もいくら健康であろうと、定まりにくいので扱いづらく、効果を発揮しないばかりか、魔法をかけてもうんともすんとも言わないことが多い。

抜け落ちて時間が経ってしまった毛も駄目、無理矢理抜いた毛も駄目。

便利な魔法ではあるけれど、限られたものにしかかけられないので、そんな髪の毛を見つけられたら運が良いと思った方がいいと父が以前言っていた。

頭皮を気にしながら「お父さんの髪は直毛だしまだ大丈夫だと思う」とか言って一番長いだろう自分の髪の毛を洗面所から持ってきて魔法をかけていたことがあるけれど、結局なんの反応も示さず母に鼻で笑われていた。

まぁつまり、そういうことだ。

呪文を唱えてしばらく待つと、トレイズの髪はブルブル震えだしピンと上に向かって起き上がった。

上の階にいるということか。

反応するか心配だったが、とりあえず魔法はかかったようで一同一安心する。

そして時の番人はというと、ニケから解放されて、ちゃっかりとベンジャミンの胸の中へと戻りデレデレと鼻の下を伸ばしていた。

くそう、もっとニケに搾(しぼ)られていれば良かったのに。

なんて悪態を吐きつつ七色外套の魔法を全員にかけてから、先ほどマリスたちに教えた裏階段から二階へ上がっていくと、ピンと立っていた髪の毛がへたりこんでしまったので再び魔法をかけ直した。

トレイズの髪の毛は分類すると癖毛の枠に入るのでこうなるのは仕方がない。動いてくれているだけでも助かるのだ。

魔法をかけられた毛はさっきよりも勢いをなくしており、ゆるりと起き上がると今度は左に毛先を向ける。

「よし」

隣を歩いていたベンジャミンと目を合わせて慎重に歩いていく。

大きくて古めかしい校内の廊下は、歩く度に遠くに音が響く。

幸い、二階の教室の三年生たちは、課外授業で出払っていたので人気は少なかった。校内探索中の一年生の姿もポツポツとまばらにいるくらいである。

この先は実験室、薬草物乾燥室、上第生専用の部屋しかない。

余談だが上第生とは一教室から二人ずつ選ばれる、学年全体を取り仕切る生徒のことである。私たちの学年であれば三教室あるので、計六人いた。

成績がいい悪いで選ばれることはなく、学年をまとめることが第一なので主にしっかり者が選ばれる傾向が強い。

成績上位だった私はロックマンとの争いで毎度騒ぎを起こしていたのでもちろん選ばれることはなく、同じくロックマンが選ばれることもなかった。

たぶん奴が選ばれていたら私は悔しさに毎夜枕を濡らしていたに違いない。

……あ、久しぶりに奴と言ってしまった気がする（心の中でだが）。

意識してそう呼ばないようにしていたが長年の癖はやっぱり消えないらしい。

今更失礼な言いようだとは思うが、たぶんまた言ってしまうかもしれないので心の中でだけは許してもらいたい。

「上第室でもねぇみてーだな」

三年時から六年時まで上第生だったサタナースが、白金の毛先を見つめてから教室を流し見た。

髪の毛が指す方向へ進んで行くと、実験室の前まで来る。

これ以上先に道はない。毛が示しているのは実験室なのだろうかと、私は扉に手をかけた。

警戒して開ける前に耳を澄ませてみるが、中からは物音一つ聞こえない。

カチャリと音が立ってしまうのは仕方ないが、様子をうかがいつつ扉を開けて中へと入る。

窓のカーテンは開いているものの、薄暗い。

「あっ、ちょっと」

すると毛先がぴょんと飛び跳ねて私の手から離れてしまった。

なんだなんだ、急に元気になったぞ。

突然のことに慌てて掴もうとするが、その手は空を切るだけで毛はどんどん奥へと行ってしまう。

動き回る一本の毛を遠目から、しかも薄暗いなか目視して追うのは容易じゃない。

「宿主に近づいたから元気になったのか？」

王子は長いローブの裾を翻し額に手を当てると、人の気配なんてないが、と呟き私と同じように
グッと目を凝らして一緒に毛を探してくれた。

見えやすいように指を鳴らして、部屋に明かりを灯す。

「えっと——いた！」

眉間にシワを寄せながらガン見して、なんとか白金の毛を見つけた。

部屋の隅の木箱の前で直立している。

駆け寄っていくと髪の毛は途端にシオシオと倒れ、それを最後に魔法はかからなくなった。

「ありがとうな、毛」

毛に対しちょっと愛着が湧いてしまっていたらしいサタナースが、髪の毛を床からすくい上げて

近くの机の上にのせた。

まもなく全員の視線は木箱へと注がれる。

私たちの膝上まで届くくらいの大きさの、古そうな木箱。うっすらと埃をかぶっていた。

「まさか……そんなことあるか？」

「でも髪の毛はここで止まってしまいましたし」

見た感じ鍵はかかっていない、が。

左隣にいたニケが膝をついて、木箱の蓋に手をかけた。

「開けるわよ」

「ニケ、待って」

木箱に対しひっかかりを覚えた私は、仕事時と同じく腰に下げていた女神の棍棒(デア・ラブドス)に手をかけて引き伸ばし、棒の先をトンと箱につけた。

「たぶん魔法がかかってる。魔法陣かも」

おそらく鍵の魔法だ。

しばらく棍棒を木箱に当てていると、蝶々結びになっている蔓(つる)の絵が蓋の表面に浮かび上がった。

これを解いてからでないと、どんなしっぺ返しの魔法を受けてしまうか分からない。

「さすがナナリー」

「えっへっへ。いやまぁ女神の棍棒のおかげなんだけどさ」

何かひっかかるとか言って、実は棍棒が震えていたから分かっただけなのである。

前はこんなことなかったのだが、シュテーダルの事件以降いつからか女神の棍棒はこういう反応を示すようになっていた。武器も成長することがあるということなのだろうか。

そんなことを考えながら、蝶結びになっている絵を棍棒の先で違う形にしていく。

これで解錠だ。

「今度こそ開けよう」

「いや、俺が開けるからお前らは下がってろ」

「大丈夫だって、私が」

「いーから」

サタナースは私たちを背後に追いやると、木箱の蓋に向かって手を向けた。

もうちょい後ろに下がれと言うので、言われる通りに木箱から離れていく。何があるかわからないから、私たちを退かせてくれたのだろう。こんな時になんだが、勇ましい一面を見るとサタナースとはいえドギマギしてしまう。ベンジャミンはそんなサタナースを揺れる眼差しで見つめ、両手をぎゅっと強く握っていた。

木箱からだいぶ距離があくと、部屋の窓は開いていないはずなのに、頬へそよ風が当たった。

ヒュウと室内が鳴り、サタナースの魔法によって木箱と蓋の間に風の刃（やいば）が切りこまれ、古びた蓋が弾かれるように教室の隅へ飛ばされる。

吹き飛んで数秒後、箱の側にいるサタナースが、開いたそれにゆっくりと近づいていった。

「おいおい、こりゃ」

「どうしたの？」

サタナースが呟いた言葉につられて、後ろに下がっていた私たちは木箱まで近づいていく。

するとそこには、白い寝間着に身を包み膝を抱えて箱の中で眠る、幼いトレイズがいた。

「なにこれ……どういうこと⁉」

ニケは奇妙な物を見つめるように眉間へシワを寄せ、口の端を曲げた。

「さっきと違って頭には何も憑いていない――が、確かアルウェスが言ってたんだよな？　魔物がなんとか、と」

「え？」

念のため魔法で視てくれているゼノン王子が、トレイズから視線を移して私を見た。

じゃあ、

「だからヨぉ、邪魔すんなって、言ったよナァ？」

部屋の中に響いた、濁った声。

トレイズに集中していた私たちは、教室の入り口を振り返った。

「やだ、ナナリーがっ」

ベンジャミンが叫ぶ。

そこには気を失っているであろう幼い私の首元を掴み、それを引きずって歩きながら怪しく笑う生徒、アルウェス・ロックマンがいた。

赤い瞳は、ギラギラと妖しく揺れていた。

金のたてがみをなびかせ、美味しい食べ物を前にして瞳をぎらつかせた狼のように、ロックマンが舌なめずりをしている。

唇を舐めまわすその姿は、獰猛な肉食獣の仕草そのものだった。

肩の辺りがぞわぞわして気持ち悪くなる。

喧嘩ばかりの仲だったけれど、こんなことをロックマンに感じる日がくるなんて思いもしなかった。

だけど一目で分かる。

あれはロックマンであって、ロックマンではない。

彼の形をした不気味な物体は小さな私を引きずりながら、こちらへ近づいてくる。

一歩一歩と縮まる距離に、寒気を感じて鳥肌が立った。

「トレイズに憑いていたものと同じだろう」

「なんでロックマンに？」

「わからない。あれはもしかして、いや、そんなことがあり得るのか……？」

ゼノン王子は視屍を発動したまま、操られているであろうロックマン少年を見つめていた。何か思い当たることがあるのか、言い淀む。

どうしてだ。わけがわからない。

さっきの声は到底、未来のトレイズが取り憑いて出した物ではない。

もちろんロックマン自身の声でもない。

もっと違う、きっと別の、邪悪な何かだ。

彼に纏わりつく禍々しい魔力。それを持つある生物を私たち魔法使いは知っている。

恐らくゼノン王子も、それが頭に浮かんだのだ。

「あなたは一体、誰なの」

まだ正体不明であるそれに、寒気で震える片腕を押さえて問いかける。

震えるなんて、こんなに情けない姿を晒すなんて、ここに本物のロックマンがいなくてよかった。

きっと生まれたての兎鳥みたいだとか何だとか言われて、馬鹿にされるに違いない。鼻で笑われてきた、あの今でも腹の立つ小賢しい表情の数々を思い浮かべて異形の者に向き直る。

目の前にいるあれは絶対に、ロックマンじゃないし、トレイズでもない。

睨みを利かせる私たちに、人間の皮を被った、悪魔のような表情をした彼は笑い声をあげた。

異形の者はなぜロックマンに取り憑いたのか。

いくら幼いとはいえ警戒心の強いあいつが、そんな簡単に取り憑かれるなんて信じられない。

そもそも時の番人に接触した人物がトレイズ本人ではない可能性が高いうえに、仮にそうだとしてどうして彼女だと嘘をついてわざわざこの時代に飛んで来たのか、分からないことだらけだった。

「シュテーダルの一部、と言ったほうが、ハヤイカナ?」

シュテーダル。

どこかで聞いた名前だ、なんてとぼける暇もなかった。

脅しのようにニマニマとした顔で吐かれたその名前に、私たちは無意識に一歩下がってしまった。

何でその名前がここで……と、ニケは口をおさえていた。

「オマエたちの大嫌いな、黒きもの、マモノさ」

キャハハ。

と、相手は心底おかしそうに哄笑（こうしょう）した。

金髪を振り乱しては口角を歪ませて、お腹を抱えて声を上げる。

気持ち悪い。

あんな醜い笑いを、ロックマンの身体であろうと誰のものであろうとも、当人の意思関係なくさせるのは許せなかった。

「やはりか。だが魔物にしては、あまりにも不気味じゃないか？」

ゼノン王子は相手の正体が知れても尚（なお）、疑問を投げ掛ける。

あれの正体は魔物だった。

そう、確かにあの禍々しい魔力の気配は魔物そのものではあった。

頭の片隅にあった正体の可能性のひとつ。

けれど私たちがよく知る魔物は知能があまり見られない個体で、シュテーダルのように意思疎通を図れる魔物は極めて稀だった。

だから余計にわからない。

あれがシュテーダルに匹敵する魔物なのか、違うのか。どのくらい危険であるのか。

魔物はまた一歩私たちへ近づいた。

「我らの王が倒されたのは、氷、つまりオマエのせいだ」

後退りするこちらを嘲笑いながら、魔物は私を指差す。

「すべての同胞はシュテーダルの記憶であり、分身であり、力の一部。オマエがいなければ、この世はあのお方のラクエンになるはずだった。なるはずだったんだ」

シュテーダルの一部で魔物というところに、氷の始祖の女性の言葉を思い出した。


【破壊はしましたが、それでも完全ではなかった。数年すると広い地に散らばった欠片は意思を持ち】


散らばった欠片。

もしかしたらこれは、あの日私と氷の始祖が凍らせたシュテーダルの欠片から生まれた魔物なのかもしれない。

だから、そうか、そういうことか。

「時を遡りお前を殺そうとしたが、不幸なコトに時間の流れにその命は守られていた」

この魔物は、シュテーダルの仇である私を殺そうとしていたのか。

過去に遡って、シュテーダルが倒される前の私をこの世から消し去るつもりで。

「これを見てみろ。何をしても、死にやしない」

思考を巡らせていると、魔物はロックマンの手で、幼い私の首元を締め付け始めた。

時間に命が守られているということは、とどのつまり、番人が言っていたことと一致する。

死ぬ運命の人間を救おうとしても、死の運命から逃げることはできない。そのまた逆も然り。


『白を黒にしたところで、白は白のまま』


過去で人は殺せないのだ。

「やめて！　なんて酷いことを」

ベンジャミンが炎を片手に、小さな私の首を絞める魔物に飛び掛かった。

飛び出した彼女に慌てて手を伸ばすが、空を切るだけで届かなかった。

「ベンジャミン！」

「そんなに欲しいならくれてヤル。波長の合う魂を見つけて此処へ来られたガ、結局は無駄に終わったわけだ。連れ去ることもママナラヌ」

魔物はベンジャミンに向かい、小さい私を投げつけた。

咄嗟のことに両手でそれを受け止めた彼女は衝撃でよろけるが、私が手を出すより先にサタナースが風の力で傍へ飛んでいき、それを支えた。

二人はすぐさま魔物から離れると、幼い私の首につけられた傷を治すために治癒魔法をかける。

「波長、まさかトレイズのこと？　何をしたの？」

「ワレらの王が操っていた男と、たいして変わらないことをしたマデサ。誘惑に脆い人間は、とても居心地がよい」

シュテーダルが操っていた男――おそらくアリスト博士のことだ。

「番人、トレイズが時間を遡った時ってどんな姿だった？」

ベンジャミンの胸元から顔を出している番人に当時の様子を聞く。

「ワシに頼んできたのは、可愛らしい女性だった。魔物では無かったぞ」

「あの人間は魂をオレに売り渡したからナァ。キサマにはオレがかわいらしい女に見えていただろう」

女に、見えていた。

それはつまり、トレイズ本人が番人に接触したのではなく、魔物が一時的にトレイズに化けていたということになる。本物のトレイズはこの過去の世界に来ていなかったのだ。

「そしてこの男の身体もついに、俺に従順な依り代となった。ギャハハ」

不気味な笑いを続ける魔物は、ひとしきり笑うと大きくアアとため息を吐き、赤い瞳でこちらを睨みつける。

「ダガこの男の力でも、ソイツは死にはしないらしい。……ああでも……あああソウカ！　時間に守られた命が殺せないならば、そうではない本体を今ここで殺してしまえばいい話ナノカ‼　王がいつか目を覚ますトキのため、脅威を取り除いておかなケレバ」

魔物は禍々しく大きな熱を帯びた魔法を片手に宿らせていた。ロックマンの身体を乗っ取ってしまえば、力もそのまま丸ごと使うことができるようだった。

……待て待て待て。

それはちょっとまずくはないか。

当時の彼がどれほどの力を抑えていたのかは計り知れないが、本気で来られてしまえばどうなることか。

「ふんっ、怖くないし！」

頬をパンッと叩いて気合いを入れ直す。

弱気になってどうする、また情けないことを考えてしまった。

そんなものに、彼以外によって繰り出される力に負けるわけにはいかない。

それに私はあの炎と対等に渡り合ってきた、という自負がある。

負ける気は毛頭ないのだ。

外側（憑依されているロックマンの身体）は守り、中の魔物だけ仕留めることを考えなければ。

「……え？」

両手を前に構えて戦う姿勢をとっていれば、こちらへ襲いかかろうとしていた魔物の動きが、突然ピタリと止まった。

片腕がブルブルと震えているので動こうとしているのは目に見えて分かるのだが、それに身体がついてきていないようだった。

魔物自身、何が起きているのか全くわかっていない様子である。

構えていた私たちは相手の動揺に眉をひそめる。

「あ、ヴ、うあ」

しばらくすると魔物――ロックマン少年の胸から、人間の男の腕らしき物がグチャグチャと音を立てて生えだした。

植物の種が土から芽を生やすようなそれに、先ほどとはまた違った気持ち悪さを感じる。

いったい、彼の身体はどうなってしまっているのだろう。

＊＊＊＊

「今度は何？　どうしたっていうのよ」

「何なんだ、あれは」

ニケとゼノン王子は前のめりになり、胸から出てきた奇妙な腕に目を見張る。

私も同じ表情になった。

《随分と……舐めた、真似を、されたものだ》

「ロックマン？」

するとどこからか、少年でもなく青年でもない、成人した男の低い声、未来の私たちが知るロックマンの声がした。

もしかしてこの教室に？　と見回すが私たちと魔物以外に誰もいなかった。

勢いに任せて声をかければ、魔物のほう、少年の胸の中心、生えてきた腕の付け根の辺りから続いて声が漏れてくる。

《お前が……僕に乗り移れたのは、トレイズが僕の胸にあの短剣を突き刺したからだ。この卑怯者の、クズが》

刺のある、苛立ちを含んだ声だった。

《さっき団長やハーレの所長に調べてもらったんだけど、おそらくそいつは夢見の魔物だ》

「夢見の魔物？」

少しだけ語気をやわらげて話す声に向かって問いかける。

《どうやら一部の魔物が進化しているらしい。オルキニスの輸送馬車に紛れていた魔物もだけど、ある程度知能の発達した魔物が増えているみたいだ。今回の魔物も恐らくそうだろう》

というか。

「ちょっと待って、私たちのこと見えてるの？」

この声は彼の物で間違いない。が。

自然に言葉を交わしているけれど、ここは時の番人の魔法でなければ来られない過去だ。

校長先生だって最初は、は？　時の番人？　はい？　みたいな反応だったのに。

どうやって、幼い自分の身体を介して未来から交信しているんだ。

それに未来の世界では倒れたと聞いているのに。

《僕とこの魔物が繋がってから、こいつの目を通して周りや君たちが見えてる。夢見の魔物の思考もすべて……ただ、こっちの身体を逆に乗っ取るのに苦労したんだ。遅くなってごめんね》

「うぐっ、ゴホッ」

胸から生えでた腕は、ガッと音を立てて力強く少年の首を掴んだ。

夢見の魔物は宿主の首元が弱点であると最近では判明している。そこを圧迫することによって、実体のないそれが空気中へ逃げるのを防ぐことが出来るのだ。

と、そんなことは今重要ではない。いや重要ではあるけれども、そういうことではなくて。

「魔物の思考が読めたのか？」

色々確認したいことはあるが、ゼノン王子の問いに便乗して、まずは魔物の思考を読んだというロックマンの話をこのまま聞くことにする。

――たくさんの人間に取り憑いて回っていたこの夢見の魔物は、シュテーダルが倒されて以降、私、ナナリー・ヘルを殺す手段や知恵を探していた。

色んな人間の思考を読んでは知識として吸収をしていたらしく、時の番人のことも、どこかの闇市の人間の思考を覗いて知り得たものだったようだ。

そんな中、魔物はたまたまトレイズ・ドレンマンに行きついた。

そしていつものように取り憑いて情報を探っていると、思いもよらない事態にたどりつき魔物は歓喜した。

偶然にも彼女の望むものと、魔物の望むこと、彼女の過去へ戻りたいという思いと魔物の遡りたい時代が一致していたのだ。

《トレイズには現代に残ったまま行動してもらい、自分が完全に彼女の姿へと化けたうえで番人に過去へ送ってもらうには、トレイズの魂と魔物の魂が繋がらなければならない》

「番人を利用して過去へ戻るためには、夢見の魔物の姿のままでは駄目で、人間の姿になるための力が必要だったってこと？」

だから魔物は彼女へ「願いを叶えてやる」と言い誘惑し、そしてそれにトレイズはまんまとのってしまい、魂を結ぶ契約を交わしてしまったのだという。

魔物の手足となり、力となる契約だ。

媒体としては血の守りなどと、同系統のものだろう。

あれも契約の魔法だ。

トレイズの願いが、私の存在を失くしたいという、魔物の目的と図らずも重なってしまった。

ようは魔物にとって、トレイズが一番都合のいい人間だったから利用した、ということだった。

「トレイズは無事？　大丈夫なの？」

まさか彼女からそんなに恨まれていたとは知らずに動揺するが、とにかく今は彼女が無事ならそれでいい。

《彼女は契約を破ることなく僕の心臓に短剣を突き刺したから、大丈夫だよ。もし破っていたら死んでいただろうが……、彼女の寿命には少し影響があるかもしれない》

「ん？」

ちょ、ちょちょちょちょっと待って。

今軽くとんでもないことを言わなかったか。寿命に影響があるというのも気がかりだけれども、それよりも。

「剣で突き刺した⁉　あんた大丈夫なの⁉」

心臓に剣突き刺すとかそれ死んじゃうやつじゃん‼

そういえば最初のほうで『トレイズが胸に短剣を』と言っていた気がする。いろいろ起こりすぎて情報の処理が追いついていなかった。

《命に別状はないから。それに短剣の力は……》

別状はない⁉

嘘でしょ⁉　なんなのあいつ不死身なの⁉

唖然（あぜん）とする私たちを置いて、ロックマンは話を続ける。

まず、ロックマンが未来で倒れた原因は過去の改変の影響ではなく、トレイズと魔物が騎士を操り仕掛けたものであるということ。

そして夢見の魔物が過去へ渡ったのち、トレイズが魔物との契約通り、魔物の力が込められた短剣をロックマンに突き刺さす。こうしてアルウェス・ロックマンという危険分子を過去でも未来でも一時のみだが牽制（けんせい）し、操り、過去の私を殺すための一つの手段と目したのだという。

胸に刺したという剣は、過去にいるロックマンに乗り移れるように（たぶん幼くても強いので何もなしでは難しいと思ったのだろう）感覚を未来の彼と繋げる為のものだったようだ。

身体に、心に穴をあける。

短剣は、すなわち魔物の魔力を身体に流し込み、実体のない夢見の魔物の依り代として扱えるようにする道具であるらしい。

過去と未来の感覚を繋げる？

「魔石、か？」

「魔石？　おじさま、どういうこと？」

時の番人が呟いた「魔石」という言葉に、皆は耳を傾けた。

「時間を操るなど、普通の魔力、魔法ではなし得ない禁忌の魔法。ワシは古き魔法使いに作られた人形じゃ。この体の核となっているのは魔石、魔物の元とされている石であると、遠い昔に聞かされたことがある」

「魔物の石？」

「だがそのどれもがワシのような能力を持つとは言い難い。しかしその石が埋め込まれたという剣ならば、こうして時空を超えた魔法を使うことは可能であるのかもしれぬ」

「ただの魔物が、そういう剣を作ったり、もしくは奪ったり、そこまでできるものなの？」

ベンジャミンは、理解しがたいというように顔を顰める。

魔物の知能がもはや通常のそれではないことに、鼓動が速まった。

＊　＊　＊　＊

正直言って、シュテーダルという存在を目の当たりにして以降、いつかはこんな魔物が現れてしまうのではと危惧していた。
過去へ来る前にシーラで捕らえられたという魔物は人間に化けていたという情報があったし、魔物の中には確実に進化を遂げている個体が存在している。
《サタナース、そこにいる？》
「ああ、いるぜ」
《この身体から追い出したあと、魔物はどこかへ逃げようとするだろう。そうなる前に風の魔法で捕まえてくれ。それまでは僕がおさえておくから》
「退魔の魔法で消さなくていいのか？」
《いいや、生け捕りだ。サタナース以外の誰かが退魔の魔法で魔物を引きはがしてくれ》
夢見の魔物は実体がない。黒い靄みたいなものだ。
三、四年前まで、夢見の魔物と言えば、宿主を喰らい尽くすまで身体から出ることはできない魔物で、退魔の魔法でない限り引き剥がせないはずだった。
けれど年々捕まえるのが困難になっており、件数は少ないが破魔士が駆けつける頃には宿主からいなくなっていることが多くなっていた。

それに伴い、最近では二人一組で依頼にあたってもらうことが増えている。

「それは俺がやろう」

「待ってください！」

「なんだ？」

名乗り出たゼノン王子を止めて、私は両手を組んで指をポキポキと鳴らす。

驚いた表情の彼と目を合わせて、私は力強く言った。

「私がやります」

「あ、ああ」

やる気に満ちた私を見てゼノン王子が若干、こいつにやらせて大丈夫なんか、という顔をした。

たぶん生け捕りではなく魔物を消してしまうのでは、と思われるくらい怖い顔をしていたのだろう。

でも待っていたのだ、この瞬間を。

ずんずんと足音を鳴らしてゼノン王子を後ろへやり、立ちすくんだままの状態であるロックマン少年へ手を伸ばす。

「よいしょ、と」

私より華奢（きゃしゃ）な肩を抱き、手のひらを彼の後頭部へと押し当てた。

真横から抱き込むような形になる。

十六歳、という年齢にしては身体が幼い彼の頭は小さく、少しでも強く扱えば壊れてしまいそう

だった。

　こんな子供に、よくもあんなことを。

《ちょっと君、魔物殺さないでよ》

「分かってる。ただ」

　未来のロックマンが少年の自分の首を掴んだまま、私を咎める。

　殺すなんて人聞きが悪い。

「消しちゃわなきゃいいんだもんね？」

　真顔で言い放つ私に、皆が一気に引いていったのを背中越しに感じた。

　そう、生け捕りにすればいいだけで、無傷で捕獲してこいとは言われていない。

《……》

　ロックマンも何も言わないから別に問題はないのだろう。

　こちらは今まで散々なことをされてきたのだ。

　トレイズはもしかしたら寿命を削られてしまったのかもしれないし、ロックマンは胸に剣を突き刺されたうえに身体を乗っ取られ好き放題され、幼い私は首を絞められ苦しめられた。

　今ここで仕返ししなくてどうする。

　幸か不幸か女の恨みは長いこと持続するのだ。

　ロックマン少年の身体に苦痛を与えることなく、魔物の気配だけに集中して退魔の魔法をかける。

　苦しめるのはあくまで魔物本体なので、少年の顔が痛みに歪むことも声を上げることもない。

「ゴースエス・デアエイル、悪の根源は死に絶え――その身を灰と化せ」

少年の身体が、白い光に包まれる。

これでひとまずはこの騒ぎもおさまるのかと、呪文を唱え終えた私は少しだけ胸を撫で下ろした。

と同時に、思い浮かぶのはあのとき響いた叫び。

『氷よ、吾(われ)と二人で世界を！』

『ああ、なんと尊いことか！』

あのときの言葉を思い返しつつ、目の前で白い光がまたたき続けるのを見つめる。

あとは未来に戻ってこの魔物を引き渡すだけ。

けれど、と魔法をかけながら思う。

元はシュテーダルの一部である魔物。記憶もあると言っていた。

それなら始祖たちと共に過ごした記憶もあるのではないだろうか。

『氷め！　氷め！』

シュテーダルがあんな風に世界を憎むことになってしまったきっかけは、彼を生み出した五人の始祖たちのせいであり、氷の彼女との恋に破れてしまったせいでもあるのだ。

だから欠片となって世界中に散っても、そこから魔物が生まれて何度も復活しては同じことを繰り返すのだろう。

破壊されて最後のひと欠片となるまで幾度となくそれは続く気がする。

完全に破壊できるまで終わらない世界。

ここでこの魔物をどうにかしたとしても、連鎖は続いていく。

こうしたことがまた起きるのは目に見えている。

そしてこれから先もずっと憎むことしかできない世界で、シュテーダルは同じような憎悪をこの世界のすべてから向けられるのだ。

こうして今この魔物も、私から憎しみを込められた魔法をかけられて、苦痛の末に騎士団で拷問や実験をされるに違いない。

もちろん、到底許されないことをしたのだから当たり前ではある。

絶対に許してやるものか、と思う。

『オマエノせいだ』

でもこの魔物がシュテーダルの一部であるならば、その身自体に罪はないのではないか、もしそうなら、次に生まれ変わって、魔物ではない違う何かになれたそのときは、

「あんたもさ。次はもっといい恋しなよ」

指を鳴らして、痛みを伴うような退魔の魔法ではなく、引きはがすためだけの魔法へと変える。

少年の小さい背中をポンポンとさすった。

魔物の根源に憎しみがあるのなら、世界を変えられるのは、もしかしたら魔物を倒す特別強い力なんてものではなく、もっと違う、ほんの些細(ささい)なことなのかもしれない。

＊＊＊＊

悲鳴を上げ、ロックマンの身体から飛び出した夢見の魔物は、サタナースの風の魔法に捕らえられて、ゼノン王子の雷の魔法が施された箱の中へと閉じ込められた。

電磁波に包まれた箱の中であれば簡単には出て来られないだろうし、一応二重にということで魔法陣で鍵をかけている。箱はトレイズが入っていたあの木箱だ。サタナースがふっ飛ばした蓋は元に戻っている。

箱の中で暴れまわっているのかガタガタと暫くはうるさかったが、観念したのか疲れたのかすぐに魔物は大人しくなった。

いやはや、暴れるだけ無駄である。これに懲りて私を殺そうなんて考えがなくなればいい。

でもあの執念深さはそうそう変わらなそうだ。

ある意味勝利への執念深さとして、私も似たような所があるのでわからなくもない。

だからといって私を殺していいわけではないし、何度も言うが絶対許さないけれども。

次に同じような魔物が出てきたらギッタンギッタンのけちょんけちょんにしてやる。その上で説教だ。

サタナースは動きが止まった箱を手の平ほどの大きさに縮めて、それを片手で掴み上げる。

「ゼノン、校長呼べるか？」

「先生は確か雷だったな。待ってろ」

王子が人さし指を耳に当てて目を閉じた。

雷同士だと互いを呼び合ったりと交信が可能だったりする。

確かにこうなれば校長先生を呼んで、この場をどうにか収めてもらうしかない。せっかく校長先生だけが事情を知っているのだから、その状況を利用しない手はないだろう。

と思いつつ魔獣召喚みたいにホイホイ呼ぶのもいかがなものかとソワソワするが、そこは見て見ぬ振りをする。

便利なものは積極的に使えばいいのだ。

むしろこの学校で一番偉い人が味方なのは心強くて何よりなのだから、臆することはない。

「もう大丈夫だからね」

私は腕の中でぐったりしているロックマン少年の身体を支えて、起こさないように慎重に床へ横たえる。胸から生えた腕も無くなり、魔物との繋がりや魔法も解けたのか、大人の彼との繋がりも途切れているようだった。今はただ静かに眠っている。

未来のあいつもこのくらい可愛げがあれば……いいや可愛げを求めるほうがおかしいか。

あれはあれだ。可愛くなったところで怪しさが増すだけだ。

少年の年相応でない、幼くあどけない顔へ乱雑にかかった髪を、指先でそっと払った。

＊＊＊＊

数分後、実験室に校長先生が来た。

慌てた様子もなく、ゆったりとした動作で入口から入ってくる。

「これはどうしたものか」

実験室内の惨状を見て顎鬚を撫でている。

倒れている生徒、トレイズを含めた三人を上から覗きこんで、校長先生は何やら考え込んでいた。

あまりびっくりしていない様子にこちらがびっくりする。

なんでここまで冷静なんだろう。

王子が事前に話していたとはいえ、まるで近所の猫を見に来たおじいちゃんのような穏やかさだ。

「魔物が入り込んでいたんです」

王子が今までの経緯を説明する。過去の私を狙っての犯行だということは、伏せた上で話した。

色々厄介なのでこの部分は話さないほうがいいだろう。あくまでも恋愛感情の暴走故の魔物も巻き込んだ事件、という体で話を進める。

にわかには信じがたい出来事だったので、目撃者ではない先生に受け入れてもらえるのか不安だったが（隠していることもあるし）、校長先生は疑う素振りを微塵も見せず、そうか大変だっただろうに、と小さい子供へするように一人一人の頭を撫でてまわった。

そうして撫でられながら、私たち全員はきっと同じことを思った。

うちの校長、誰かに騙されたりしていないだろうか。

「ここは私に任せて、君たちは早く未来へお帰りなさい」

「でも校長先生、いきなり私たちがいなくなったら不審がられてしまうんじゃ」

「そうならないよう、その人形の魔法があるのだろう？　それに君たちの変えたくなかったものは、未来ではちゃんとそこにあるようじゃ」

心配をする私たちをよそに校長は、「ほっほっ、君たちは互いに助け合える、いい関係じゃ」と次いで声を上げて微笑んだ。

校長先生がそう言うならば、私たちもここに居続ける必要はない。

番人が説明してくれたことを思い出す。

過去で起きた出来事。

あったことをなかったことにはできないが、未来に向けて修正すべく、かかわった人々の記憶を曖昧にして、思い出せないようにすることができるのだと言っていた。

未来と帳尻を合わせるらしいのだが、考えれば考えるほど難しくて理解が追いつきやしない。

未来に支障がないのであればそれに越したことはないが。

帰ったら時間の魔法や番人について、色々勉強してみようと思う。

「お前に聞いてやる。どこへ戻りたい？」

ベンジャミンに抱っこされている時の番人が、私へ向けてそう言った。

番人が一緒に付いてきているので、戻る場所はあの森でなくても構わないのらしい。

ついでに『格好いい時の番人様、わたくしは貴方の奴隷でございます』というあの馬鹿げた台詞(せりふ)も言わなくていいようだった。

良かった。あんな屈辱的な言葉、冗談でも唱えたくない。

ところで、なんで私なんだ。ベンジャミンじゃなくていいのかと、何か企(たくら)んでいるのではないかという視線を向けて問いかければ、申し訳ないことをしたからだとショゲた顔をして謝られた。

確かに番人がむやみに誰彼構わず過去へ送らなければ防げた事態だ。

魔物に説教するより番人への説教が先である。

しかし何にせよ悪いことした奴が悪いのであって、番人は別に悪くない。

今までのやらかしはどうかとは思うが。

番人に再び、どこへ戻るのかと聞かれる。

「もちろん」

未来にいるロックマンの許へ。

番人の指示で、私たちは手を繋いで身を寄せ合う。

みるみる内に風が渦を巻き、私たちを大きく取り囲んだ。

「校長先生、ありがとうございました！」

「未来でまた会おうのぅ」

優しい声が聞こえる。

光に包まれる中、校長先生は私たちに向かい手を振っていた。

若人たちへ

未来から来たという教え子を見送り、ソフォクレスは実験室に倒れていた子供たちを治癒室へと送った。

「プライクルが逃げ出していた？　校長、何故すぐに知らせて下さらなかったのですか」

教頭のクリオス・ケイグルが、治癒室へ運ばれた生徒たちのことを知り校長室へと駆けこんできた。

小言が多い彼の慌てた登場に面白味を感じつつ、ソフォクレスはそうと悟られないように咳払いをする。

「クリオス教頭、いや、草むしりに熱中しておった」

「生徒三人に被害が出たと聞いていますよ!?」

「悪夢を見せられておっただけじゃ、心配ない」

プライクルは噛みついた人間や動物に、いい夢や悪い夢を見させる大きな猫だ。

ドーラン王国魔法学校では二匹飼っており、いずれも生徒たちが当番制で餌やりをしている。プライクルに噛まれても外傷はなく痛くも痒（かゆ）くもないので、それほど危険なことはない。

眠りについた動物を口に咥（くわ）えてどこかに持ち去ってしまうことはあるが、学校内から逃げ出すことはできないので管理はそれほど難しいものではなかった。

今回の騒ぎはそのプライクルの仕業だと、ソフォクレスは話をつづけた。

「まさか逃げ出すとは。柵をもう少し高くしたほうがよいか？」

「そんなことより！　被害にあったのは、あのボードン先生の教室の生徒だとか。校長、お聞きしますが、急に教室の振り分けを変更し、二人の平民を貴族子女らの中に入れたのは何故です？　昨今高まる平民、貴族の教育の在り方の議論に、教室を分けるべきだと声が上がっていたのはご存じでしたでしょう？　だから実験的に一つだけ貴族のみの教室を作ろうとおっしゃっていたではないですか」

「それは……」

ソフォクレスは校長室に飾られた歴代校長の肖像画を眺めて、腕を組んだ。

ここは長い歴史のある古い学校だ。凝り固まった思想は以前より緩和されてきているが、同時にそれに反発を抱く人間も少なからずいた。

「平民、貴族、関係なく友情が育まれ、やがて親や家族を越えて誰もが誰かの為に必死になれる。そんな未来が子供たちにやってくると信じられるような、夢を見たのじゃ」

当たり前のように王子と口喧嘩をする平民の青年。

理想とは言い難い光景だったが、互いの為に何かをしてあげられる、そんな彼らの様子に、ソフォクレスの胸は躍った。

「夢？　また校長はそんなぽやっとしたことをおっしゃる」

ため息をつくクリオス。

そんな彼に笑みがこぼれる。

「君も本当は、ホッとしとるんじゃないかね。貴族のみの教室を作ろうと決まったとき、昔からの友人らを否定されるような取り組みだと思っとっただろうからのう」

その言葉にクリオスは、またため息を吐きつつも少しだけ口元を緩めていた。

「ところで教頭、教育実習の先生方の名前は覚えとるかな?」

「教育実習の先生? 何を言ってらっしゃるんです?」

「いいや、勘違いしておったわ。なんでもない」

じきに、自分の記憶も薄れていくだろう。

未来への一筋の光を思い、目蓋を閉じる。

たとえ忘れても、なくならない物はあるとソフォクレスは信じている。

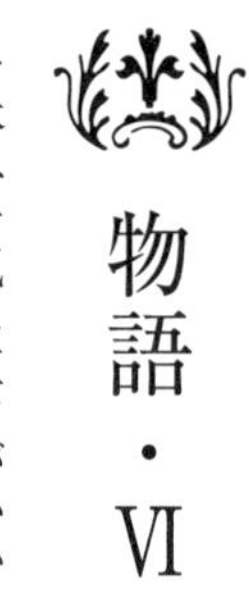

物語・Ⅵ

身体へ一気に重力がかかった。

「どぉ、うわっ」

「うっ、」

過去から現代へ。

私たちはどこへ出たのか、ふかふかな物の上に五人重なりあって落ちた。

いい香りがする。ふかふかのこれは布団？

番人にはロックマンの許へ行くようにとお願いしたはず。

はたしてここで合っているのか。

一番下にしかれていた私が、四人分の体重の圧迫による息苦しさに悶(もだ)えていると、ふかふかの下に生暖かい熱を感じたので顔をそのままにして視線を上にやった。

「重い……重くて吐きそう」

「ロックマン！」

「早く、どいて」

ただでさえ白い肌を青白くしたげっそり顔のロックマンがそこにいた。

私たちの下敷きになって、小刻みにプルプルとふるえていた。

白い寝間着を身につけて長い髪を降ろし、気だるげな表情で、おそらく彼の真上から落ちてきたのだろう私たち五人へ向けて手を払う動作をしている。

目を細めて、シッシッとそれはもう鬱陶しそうだ。

私たちはロックマンが休んでいる寝台の上に落ちてしまったのだ。

というか昔魔法陣で転移失敗した時といい今回といい、何故いつもこいつの上に落ちるんだ。おかしくないか。呪われている気がする。

私は慌てて上の四人と共に寝台の上から絨毯が敷き詰められた床へと転がり落ちた。

はからずもゼノン王子の腹の上に腰から落ちてしまったニケがウギャアと声を裏返して叫んでいる。王子の腹に落ちるのは私も恐れ多くて叫びまくるだろう。

一方で自分は腰をうってしまったのか、鈍い痛みが走る。

床に散らばっていた皆は、各々上体を起こしはじめていた。

私もそそくさと床から立ち上がるが、腰の痛みなど気にしている余裕もなく、寝台から上半身を起こしているロックマンに慌てて詰め寄った。

「ね、ねぇ、ロックマンよね……？」

「うん。おかえり」

彼の両肩を掴んで瞳を覗きこむ。

長い睫毛一本一本を肉眼で確認できるくらい近寄ってから、顔を離して全体をまじまじと見つめた。

女性にも羨まれるであろう、憎たらしいほどのその美貌に変わりはない。シミ一つないムカつく肌だ。

だが問題はそこではなく。

「お帰りって……そんなことよりそれ、どうしたのよ！」

ロックマンの髪と瞳が、黒く変色していた。

黒髪になっている。

金髪じゃない。

蜂蜜(はちみつ)色に近い甘く匂い立つような黄金の輝きには程遠い、地の底を思わせるような、深く濃い黒。

そのせいで肌の白さがよりいっそう浮いて目立つ。

瞳を注視してみると、完全に黒くなっているわけではないようで、赤味のある黒になっていることが分かる。赤黒い、赤に無理矢理黒を混ぜたような色をしていた。

眠たげな顔で目を擦るロックマンは、過去から帰ってきた私たちを眺めながら欠伸(あくび)をしだす。寝台の上に大人しくちょこんと座っている姿は、その性根を知らなければ儚げな黒髪の美青年に見える。

身体に障(さわ)ると思い掴んでいた肩を放して距離をとったものの、当事者だけが呑気(のんき)な雰囲気を出している状況に、今度はニケを始め過去へ行ってきた友人たちが彼に詰め寄り出した。

「剣？　剣のせいですか⁉」

「魔物のせいか！」

「や、ちょっと、落ち着いて」

ニケとサタナースが前のめりになって寝台へ近づく。

ロックマンはそんな二人に両手を掲げて目蓋を閉じつつ、ヘルだって水色になったろう？　それと同じさ、と昔のことを持ち出して質問攻撃をのほほんと遮った。

こちらの気も知らないで私のことをダシにしているが、答えになっていない。

私の場合は血が覚醒したからこうなったのであってロックマンとは経緯が違う。

とっくの昔に彼の血は火の力で満たされていたし、今更色を変える魔法だとか言われても嘘だと分かる。

剣のせい……。ニケの言葉に考え込む。

この女タラシ、いつか女性に刺されるのではと思ったことはあるが、まさか本当に刺されてしまうとは。

遠い遠い異国の童話である人魚姫のお話を思い出す。

王子様に恋した人魚姫が、泡にならないために彼の心臓に短剣を突き刺し殺そうとするけれど、結局できずに海の泡になったとかいう悲劇の物語だ。

悲劇は好きじゃないので（けっこう引きずるほうなので）、昔一度図書室で読んでもう見ないようにしようと決めた数ある物語のうちの一つだった。

現実にいる金髪の王子様は、見事刺されたわけであるが。

「凄く眠いんだ。また後で」

そう言い残してロックマンは布団を掴むと、枕へ頭をポスンと載せて寝る体勢を取った。

数秒で意識が落ちたのか、すぐに寝息を立て始め、気持ちよさそうに眠りにつく。

寝入った彼を見てどうするかと皆で視線を合わせていると、キィと扉の開く音がした。

「どなたかいるの？」

扉を開けて部屋に顔を出したのは、ロックマンによく似た美しい顔立ちの、金色の髪を持つ女性だった。

❋　❋　❋　❋

私たちが時の番人によって飛ばされたのはロックマン公爵邸。

ロックマンは倒れたあと、実家であるこの屋敷に引き取られ、王室付きの医者、治癒師による治療のもと看病されていたのだという。

使用人から部屋での私たちの騒ぎを聞きつけて、この屋敷の女主人でありロックマンの母親であるノルウェラ様が、私たちを一階の応接間へと連れて、あの状態に至るまでの経緯を話してくれた。

室内の大きな窓から、星空とドーランの浮島が見える。

もう夜になっていた。

今日は満月だった。

「安心しきって、彼女を部屋の中へ入れてしまった私が悪いのよ。あの子の魔法に頼り切ってしまっていたばかりに」

項垂れるノルウェラ様の肩に、形よく結い上げられた御髪からハラリと細い毛束が流れ落ちた。

「だいたいの話は聞いた。そう悔やむことはない、頼られるのが好きな奴なんだ。あいつもわかっていてトレイズを通したんだろう。責めるべきは貴女自身ではない」

向かいのソファに座る彼女の隣へ腰を下ろしていたゼノン王子が、そう慰めの言葉をかける。

甥である彼の言葉は、私たちのそれよりもノルウェラ様を元気づけられるだろう。

まさかお見舞いに来た顔馴染みのご令嬢が、自分の息子の心臓を狙っていたなんて思わなかったはずだ。ロックマンが屋敷にかけていた魔法にも引っ掛からなかったのなら、疑わないのも無理はない。頼りきりというよりも、あいつが良かれと仕向けた状況ならば、ノルウェラ様は全く悪いことなどしていない。

「おかしな状態だったわ」

トレイズの泣き叫ぶ声で屋敷内での異変に気がつき、部屋へ入ったときには、すでに彼の容貌は変化していたそうだ。

ただ胸から短剣が生えているのに平静そのものの息子の姿がたいそう不気味で驚いたのだと、そのときのことを思い出してかノルウェラ様の顔は青ざめる。

命に別状はないから団長とハーレの所長を呼んでほしいと彼が言うので急いで連絡を取りつけ、寝台の傍で取り乱していたトレイズからことの成り行きを聞き出そうとしたが、過去やら何やらと意味がわからなくて自分まで混乱してしまい情けなかったと、苦悩の表情を浮かべていた。

「だが貴女が対応してくれて助かった。それだけでも数段違う」

使用人の男性が王子に大きな椅子を勧めていたが、頑なにそれを拒否してノルウェラ様の隣に座ったのは、これを見越してのことかと、彼女の背中を優しく撫でる王子の姿を見守った。

ノルウェラ様はひとしきり涙を流したあと、ハンカチで頬を拭う。

屋敷の主である公爵は城に出向いているようで、姿は見えなかった。

ロックマンが呼んでいたという騎士団長とロクティス所長も、数刻前に同じく屋敷を出てそれぞれ城へ、ハーレへと戻ったようだった。そしてその時に団長がトレイズも連れて行ったらしく、この屋敷にいるのは四男であるキース君とノルウェラ様、横になっているロックマンと、使用人のみとなっている。

「アルウェスのあの状態は……魔力はどうなっているんだ？」

聞きにくそうに一度言葉を飲み込んだが、王子は腕を組むと前へかがんでノルウェラ様に視線を投げかけた。

王子の話によると、ノルウェラ様は公爵家の娘としては珍しく治癒魔法にとても長けた人物で、人体について病気や毒などの知識が特に豊富な方なのだそうだ。

彼女は膝に置いていた両手を強く握り締めて、前を向いた。

「身体を巡っている魔力は、邪悪そのものよ」

眉をひそめて、口を開いた。

「魔法が使えるか、試しにいくつかの簡単な呪文を唱えるように促したのだけど……火の魔法どころか、生活魔法さえ使えなかったわ」

視線を落として、もう一度強く拳を握った。

「あの子に聞いたのよ、いったい何をしたのかと。そうしたらね、ただ呪いを変えただけだって」

「呪い？」

「この短剣」

使用人の男性が後ろから布に包まれた何かを彼女に差し出した。

ノルウェラ様はそれを受け取ると、テーブルの上に置く。布が上から剥がされて、中から出てきたのは色んな宝石が柄の部分に埋め込まれた、一本の短剣だった。

「短剣に術が施されていたみたいなの。自分の記憶を殺すものだと言って、でも記憶をなくすのは嫌だから、魔力を一時的に殺すような術に変えたって」

「つまりそれは、一時的に魔力をなくすと……？　だが魔法が使えない状態というのは、死んでいるのと同じだぞ。シュテーダルのときもそうだったが、魔力がなくなるのは生命が途絶える場合か、海の国のときのように魔法が外部の影響で使えなくなる場合かの、どちらかだ。ナナリーも生命力が欠けていると言われたときは一か月も寝込んでいたろう」

「でもそう考えるとよ、ナナリーみたいに一か月かそこらで元に戻る可能性もあるんじゃね？　おばさん、大丈夫だって。な？」

「それならいいのだけど……。気にかかるのはあの子の身体にある魔力なの。まるで魔物そのものなんて、どうしたら」

本人から直接聞き出そうにも、眠ってしまっているので聞くことが出来ない。城にいるトレイズもきっと深くは知らないだろう。分かっていれば今頃こんなことでノルウェラ様は頭を悩ませていたりしないはずだ。

記憶探知で探れることにも限界がある。

ここで時の番人を使うのも、おそらく難しい。存在自体が危ない魔道具だ、無闇には使えない。

そうなると頼れる当事者はあと一人。

「魔物に、聞くしかないでしょうか」

「魔物？」

魔物に聞く、という言葉にノルウェラ様は戸惑いを見せる。

私はサタナースが持つ小さな箱を指さし、中に件の魔物がいることを伝えた。

「意思疎通の図れる、言葉の通じる魔物です。こちらの話を聞いてくれるかわかりませんが、トレイズに呪いをかけた張本人でもあるので、騎士団のほうで上手く聞き出してもらえれば何かわかるかもしれません。あのときロック……ええと、アルウェス様が言っていたんです。魔物の思考が読み取れると。恐らく逆も然りだと思うんです。魔物と彼の間で、おかしな契約が結ばれたのかもしれません」

「なるほど。魔物に尋問ね」

ニケは出されていたお茶を啜り、頷いた。

まともに話してくれる気はしないが、ロックマンから話を聞くことができないならあとはあの魔物しか頼みの綱はないだろう。

ソファの端に座っているベンジャミンが、膝に乗っている時の番人に、ねぇトキおじさま、と声を掛けた。

「おじさまの体は魔石で出来ているって言ったわよね？　魔物のこと詳しかったりするかしら？」

皆は時の番人に視線を向けた。

ノルウェラ様は魔石のことも当然知らないので、目を瞬かせていた。

だがその前にと、ゼノン王子が片手をあげて屋敷の部屋を見渡す。

「待て、アルウェスがああなっているということは、この屋敷の魔法も解けているということか」

「ええ。ミハエルが代わりに防御魔法や反逆の術を施してくれたけれど、アルウェスほどの精巧さではないの。こんなことを言ったら怒られてしまうわね」

「いいや、そうか。ならこの話はここまでにしておいたほうが良い。ニケ、島の宿舎へ急いで戻ろう」

「今すぐにですか？」

「ああ」

情報漏洩は何としても避けなければならない、ということだろう。

ここでうっかり誰かに盗聴でもされていたら、時の番人の騒ぎとは比にならない問題が起きてしまう。新たな騒動が起きるのは避けなくては。

「その短剣、騎士団に預けてもらえるだろうか？」

「ええ。頼みます」

短剣を受け取ったゼノン王子はノルウェラ様に会釈をして、私たちへ指示を出す。

「時の番人にも話を聞きたいからな。第一発見者はお前たちだ。ベンジャミンが来てくれると助かる。ナナリーは一度ハーレへ戻ったほうが良いな。仕事途中だったんだろう？」

「はい。所長に報告をしないと」

勝手に抜け出して、もう夜だ。

あいつが倒れてから一日も経っていないというので、過去での時間経過はそれほど影響がないらしい。

しかし事情があるとはいっても、一日何の報告もしないというのは社会人としていただけない。

「俺たちはともかく、ナナリーは魔法陣で移動した方がいい。お前を狙っていた魔物のこともあるから一応な。簡単にやられるとは思わないが念のためだ」

「しばらくは気を付けます」

各々はソファから立ち上がり、移動の準備を始める。ノルウェラ様にも別れの挨拶をし、お茶のお礼を済ませてローブを羽織った。

屋敷の外に出て使い魔に跨（また）がる友人たちの横で、私は女神の棍棒を引き伸ばし魔法陣を展開する。

ハーレの裏庭へ行けば、所長室まで近い。

「ナナリーさん！」

「はい？」

屋敷の玄関先に出てきたノルウェラ様が、大きく手を振って私を呼んだ。

後ろから慌てて使用人の男性が出てきたのを見るかぎり、走って来たのだろう。

今日を含めて数回しか会ったことはないが、名前を覚えられていたことに驚いた。いや、覚えられていたというより、ゼノン王子が何回も私の名前を呼んでいたので当たり前か。

彼女は端整な顔立ちに不釣り合いな、困ったような必死な表情で口を開く。

「あの子のこと、どうか」

「ノルウェラ様?」

何か話しかけられているようだった。

けれど転移の途中で、声がうまく聞き取れない。

私は後ろ髪引かれながら、ハーレへと戻った。

＊＊＊＊

芝生の上に着地する。

辺りは真っ暗だが、建物の窓硝子から漏れる淡い灯りで足元が見える。

ハーレの裏庭に転移した私は、急ぎ足で所長室へと向かった。

服装は公爵家へ着いたときにはすでに、行きに着ていた制服へと戻っていた。

これも時の番人の魔法なのだろう。

いい加減で失礼なおやじ型人形ではあるが、力は確かに優れている。

「ナナリー？」

「ヘルお疲れ」

途中ハーレ内ですれ違う職員に、いつの間に帰ってきていたのかと驚かれたが、あんな風に連れ出されて一日姿も見せずにいたら誰だっておかしく思うだろう。申し訳ない気持ちになり、ご迷惑をお掛けしましたと平謝りで会釈していく。

言葉を交わしていくと、どうやら所長により今日の私は外仕事という扱いにしてもらっていたようで、先輩たちは急な外仕事で大丈夫だったか、ご苦労様などと声をかけてくれた。

所長も一時ロックマン公爵邸へと出向いていたこともあり、ヘルは何か緊急の仕事を任されていたらしい、ということになっていたようだった。

結果的には魔物を捕まえるということにはなったけれど、大分いたたまれない気持ちになる。

恥ずかしながら最初は完全な私情で動いていたのだ。

しかしここで本当のことを言えるわけもないので、肯定はせず苦笑いで返した。

所長室の扉の前に立ち、コンコンと扉を鳴らす。

入ってどうぞという所長の声が聞こえたので、扉を開けつつ、私は勢いよく頭を下げた。

「所長ただいま戻りました！　本当に、本当にすみませんでした！　もう一度雑用からやり直しますので、どうかまだここで働かせてください‼」

首がもげるくらい何度も頭を下げる。

「え、いやだナナリー！　シーッ、シーッ！　声大きいから、ああだから謝らなくていいんだって、まったくこの子はもう。だからシーッ、しずかに」

慌てた様子の所長に唇へ親指を当てられ、横に向かいスッと撫でられる。途端に喋ることができなくなった。

縫いつけの呪文である。別名、閉口術ともいう。

口をモゴモゴ動かす私を見て、所長は額を拭う仕草をした。

「大丈夫だから、ね。噂の人形のことも聞いたし、夢見の魔物も捕まえたんでしょう？　外仕事よ、外仕事」

誰がクビにするもんですか人聞きの悪い、と所長は頬を膨らませて両腕を組んだ。

自分で言うのもなんだが、甘やかされているような気がしてならない。魔導所内でのロックマンとの喧嘩といい、今回のことといい、ゾゾさんとハーレ内で走り回ったとき以外で彼女に怒られたためしがない。こんなんじゃ駄目人間になる。

すぐに閉口術が解けたので何故怒らないのかと思ったままを彼女に聞けば、もちろん不利益を出したら怒るつもりだったわよ、とせせら笑われた。意外にも判断基準は損得勘定らしい。

所長の机の上は紙や本で散乱していた。几帳面な彼女にしては珍しい状態にいささか目を見張る。本の表紙には『黒い生物』『悪魔の果実』『進化と歴史』などと書かれていた。騎士団に毎月渡している報告書の原本もある。

「隊長さんからも聞いたわ、魔物が狙ったのは氷の力なんでしょう？　まったく諦めの悪い奴らだわね。資料引っ張り出して調べてみたけど、彼の言う魔物に当てはまったのは夢見の魔物くらいだったから……」

頬に手を添えて険しい目つきになる。

そうだ。所長に調べてもらったのだと、確かロックマンが言っていた。

「モルグの鏡を騎士団と繫げるから待ってて」

彼女はそう言うと、本棚の横にある衣装簞笥に手を向けて呪文を唱えた。

すると両開きの扉から、大きな楕円形の鏡が現れる。銀色の縁には細かい装飾、彫り文字が見られた。

モルグの鏡だ。実物は初めて見る。

浮いたそれは横に三回転した後、静かに床へ着地する。

所長が手を掲げて再び呪文を唱えれば、波紋のように鏡面が揺れて、騎士団長の姿が浮かび上がった。

モルグの鏡とは、遠くにいる相手との交信手段として、古の時代に作られた特別な鏡であり、その鏡同士であれば世界中どこにいようとも持ち手と話せるという数は少なくたいへん高価なものだ。

王国に現存しているのは五つで、王様の城であるシュゼルク城に一つ、騎士団に一つ、ハーレ魔導所に一つ、三大貴族と呼ばれるブナチール家とモズファルト家が一つずつ所有している。

『戻ってきたか。今ちょうどうちの奴らも帰ってきたところだ』

団長の背後にはゼノン王子やサタナースたちが映っていた。

ベンジャミンとニケが私に向かい小さく手を振っていたので、私もひらひらと振り返す。

『ドレンマン伯爵令嬢は身体検査を終えてから、詳しく取り調べをしようと思う。魔物の尋問はいま他の隊員がやっているんだが、アルウェスのことはそれからになるな。宮廷魔術師、城のお抱え魔法使いがあんな状態なのはまずいが……』

「そうねぇ」

鏡に映る団長に向かい、所長は苦笑いをした。

自国に強い魔法使いがいるというのは、それだけで他国への抑止力となる。

例えばヴェスタヌのボリズリーなど、あの人がいい例だ。

もし仮にボリズリーが倒れたと聞けば、それだけで悪いことを考え出す国や人物がいる、逆に健在であれば、誰も手出しできないということである。

ドーランには魔法使い百選に選ばれた所長がいるけれど、所長は強い魔法使いというよりは、若くしてハーレを営む優秀な魔法使い、能力的に優れた人物として知られている。力がどうこうと言うよりは、その手腕が買われていた。

黒天馬事件の解決にも一役買ったと聞くので、その頭の良さ、能力が認められているのだ。

しかし強い魔法使いとなると話は別になるわけで、ドーランにはここ十数年代表となりうる人物はいなかった。

なのでオルキニスからちょっかいをかけられたりと国防にはあと一つ手が回らない状態が続いて

いたのである。

そこで頭角を現してきていたのが、とんでもなく悔しいことではあるが、アルウェス・ロックマンという男だった。

何度でも言おう。悔しいことではあるがあの男なのである。

宮廷魔術師長となって日の浅い彼を襲ったオルキニスの事件は、本人は一時重体となったものの結果的にその能力を国内外に広める形となり（ニケから聞いた）、徐々に名前が知られるようになってきていた。

だからロックマンが不調というのを世間が知ってしまえば、その隙を突いてくる輩がいるかもしれないというわけだ。

もう悔しいとか天と地の差とか言っている場合ではない。

それに私は強い魔法使いになりたいわけではなく、あくまでも所長のような立派な受付嬢になりたいのであるからして、そこでロックマンと張り合うのはお門違いというものだ。

とにもかくにも、まずいというのはそういうことなのである。

『この時の番人だが、処分は追々考えるとして、魔石でできているとゼノンから聞いた。魔物の元となるものらしいんだが、聞いたことはあるか？』

「魔石……？　初めて聞いたわ。魔物の元があるなんて、それ本当なの？」

『ああ。魔石から魔物が生まれるんだそうだ。番人によればこの短剣に埋め込まれている黒い宝石、これが魔石らしい』

ノルウェラ様から預かってきた短剣が、鏡越しに映る。

七色の宝石が装飾された美しい剣。

その柄にはめられた黒い宝石に、私と所長は釘付けになる。あれが、魔石。

漆黒の、艶やかで光沢のあるただの綺麗な宝石にしか感じないが、この深くて濃い黒さに似たものを思い出した。

変色したロックマンの髪の毛の色味に近いのだ。

今までどうやって魔物が生み出されてきたのかは、世界中で謎のままだった。それを研究していたのがアリスト博士であったが、彼は結局魔物に呑み込まれてしまった。今は牢獄にいる。

不確かで曖昧ではあるものの、私は自分の中で確信していることを話そうと、二人の会話に声を上げた。

「お二人とも、あの」

「ナナリー?」

『どうした?』

シュテーダルとの戦いを思い出す。

「大昔の氷の人、恐らく始祖と思われる人と頭の中で会話をしたことが、シュテーダルとの戦いの中でありました」

『会話を?』

騎士団長や鏡の向こう側にいる皆が素っ頓狂な声を上げたのが聞こえる。

私もあのときは半信半疑だったが、あの声は間違いなく始祖である彼女のものだった。

「始祖？」

所長も目を瞬かせて眉間にシワを寄せる。

けれど、氷の力を考えればそういうことがあっても不思議じゃないかも、と言って私の話に集中する姿勢をとった。

「そのときに言っていました。創造物語集ととても似た話で、シュテーダルの全身を凍らせて砕き、飛び散った破片が、のちに魔物になったと。魔石というのは、その飛び散った破片のことを言うのではないかと思うんです。私が凍らせたシュテーダルも同じく、破壊して散らばったその破片もまた……」

皆が息をのんだ。

部屋の中は静まり返る。

騎士団長が「シュテーダル、魔物、魔石……」と小さく呟いて、ベンジャミンの腕にいる時の番人を振り返った。

おそらくこの場にいる誰もが思った。

魔物がそうして生み出されることは新しい発見となる。

が、つまり、魔物が生み出される前に退治できる方法があるとしたら、それはどんな方法なのか？

もしかしたらこの魔石というものが、大いなる変化を世界へもたらすことになるかもしれない、ということを。

後日国中、大陸中に『魔石採取』のお布令が出された。

そうして時代は魔物討伐から、魔石発掘へ動き出すこととなる。

物語・Ⅶ

「ヘルさん、この魔石っていうのはどんな特徴があるの？」

依頼を選んでいた破魔士が、一枚の紙に指を突いて首を傾ける。

「大きいものや小さいもの、さまざまな形をしています。色は黒で、鑑定師の許へ送り本物かどうかを見分けます。報酬はそれからとなるので、他の依頼に比べると効率は悪くなりますが……。いつでも受け付けていますので、よろしければ他のお仕事のついでにという形で、見つけたらよろしくお願いしますね」

「へぇ～。了解。じゃあ俺、今日は害虫駆除のやつ行くね」

破魔士は依頼用紙を手に取ると、颯爽と魔導所から出発した。

「いってらっしゃい」

手を振って見送る。

戻って来た日常。

時の番人の騒ぎから一か月が経っていた。

あのあと魔石についての情報を伝えられた王様は、自国だけで動くのは得策ではないということで、近隣諸国から大陸中へと幅広く魔石のことを周知させた。

内密に動いてどこからか情報が洩れ、不信感を抱かれて戦争が起きてしまうよりも、大々的に発表して協力していくほうが良いと考えたのだ。

特にドーランはアリスト博士がシュテーダルに手を貸してしまっていたせいで、あまり下手なことはできなくなっており、これ以上他国の信用を失うのは避けなければならなかった。

また、魔石があるのはドーラン王国だけではない。

シュテーダルの欠片はきっと世界中に散らばっていて、捜索できる規模にも限界がある。

魔石についてはまだまだ未知なことが多く、私も五日に一度は騎士団で取り調べという名の調査に協力をしている。

始祖と会話をしたということをあのとき初めて話したので、なんでそれを早く言わんのだとばかりに、度々騎士団のほうに呼び出されては情報を提供していた。

まさか魔石なるものが存在しているとは知らなかったので、私もそこまで重要なことだとは思わなかったのだ。

魔石に関して現在世間での認識は、違法薬物、みたいな感じになっている。

個人的に持っていたら違法の、危険物だ。そもそも魔物の元となるようなやばい物質を、普通の人は持っていたいと思わないだろう。

まぁ、その魔石に力があると知らなかったら、の話だが。

いちおう、王国に提出しなかった場合は罰せられるようにはなっている。

魔石の力。

このことだけは世間一般には伏せられていた。

「ナナリーちゃん、このくらいの金額の依頼ある？」

「ありますよ。今引っ張ってきますね」

若い男性の破魔士が三本指を立てて、照れ笑いをする。

三百ペガロということだろう。

席を立って、依頼書が詰められた箱から二、三枚条件に合ったものを見つけて取り出す。

「これと、これと」

トレイズは一年間の謹慎(きんしん)となったそうで、パーティーなどへの出席も禁止となったのだと、この間ニケから聞かされた。

あの日おこなった身体検査に異常はなく、健康そのものだと聞いていたのでそこは一安心した。

寿命に関してはまだわからないそうだが、今度また詳しく調べるための検査機関へ送られるのだという。

彼女の記憶も保護されてからは曖昧になっていたらしく、ロックマンの所へ行くまでのことはあまり覚えていなかったそうだ。

それに短剣を刺したのはトレイズではなくロックマン自身だったようで、その光景に心的傷害を負ったのではと医者からは言われたらしい。

「こちらでいかがでしょう？」

闇市で時の番人を購入したとされるドレンマン伯爵も、トレイズと同じ期間登城を制限される罰を受けている。

「俺イーバルだけど、これ受けて良いの？」

「もうクェーツですよ？　この間の依頼で階級上がっていたじゃないですか～」

真相は定かではないが、伯爵は自分の意志ではなく、トレイズのように魔物が自分にも乗り移っていたのだと主張しているそうだ。

肝心のロックマンはというと、翌日には完全に元の姿に戻っていたようで、これもニケが爆速で私の許へ知らせに来てくれた。

「え⁉　あ、ほんとだ」

魔法も申し分なく使えるらしく、心配していたこちらが馬鹿馬鹿しくなるくらい早い復帰だった。本当に一時的だった。

けれど体中を占めていた魔物に似た魔力については解決していない。

本人に聞いても術そのものに何が起こっていたのか、そこは詳しく分からないとのことだった。魔物も相変わらず口を割らないようなのでいまいち前進しない。

解決したようで解決していないことに少々モヤっとする。一時的じゃなくてずっとあのままだったらどうするつもりだったのかと、怒りにも似た気持ちになる。ああいう自己犠牲は好きじゃない。でも自分がもしそういう状況になったら、ロックマンと同じようにしたかもしれないとも思うと、怒る気にもなれないのだ。

怒る資格が自分にあるとは思わないが、彼の母親、ノルウェラ様の立場だったら「命を大切にしなさいよ‼」くらい言いたくもなるだろう。

「ナナリー、今日の分お願いね」

「はい」

受付の列が途切れて一段落していると、ゾゾさんに大きな麻袋を渡される。

この中には破魔士が集めてくれた魔石候補がゴロゴロ入っている。この集まった石を鑑定師の許へ持っていくのが、私へ新たに与えられた仕事のうちの一つだった。

私以外にこれを届ける人はおらず、鑑定師の居場所は他言無用となっている。

もし誰かにばらしたら即刻クビだと所長から脅されているので、間違っても口を滑らせられない。

「それ届けたら騎士団のほうへ行って大丈夫だからね。魔石調査の協力なんて、私ならやってられないわよ～」

やれやれといった表情で手をぶらぶらさせるゾゾさんに笑う。

五日に一度の取り調べ、もとい調査協力に今日は向かわなくてはならない。

私は重い麻袋を浮かせて裏庭へと向かった。

仕事に影響があるようなら遠慮したいところだが、半日上がりで休日との調整もしてくれているので、今のところ無理はない。

「あー！　先輩、明日飲みに行きません？」

「本当？　行く行く！」

裏庭の長椅子で休憩していたチーナが、麻袋を抱える私に気づいて声をかけてくれる。

ぴょこん、と彼女の少し癖のある可愛らしい前髪が跳ねる。

チーナは後ろに手を組んでもじもじしていた。

「『草食狼』の目の前に新しくお店が出来たんですよ〜。試しに行ってみたいなって」

「それは……女将さんに怒られないといいなぁ」

「他のお店に浮気したでしょー！　って？」

「ふはは、似てる」

ころころと変わる彼女の表情に癒されて、そっと自分の胸に手を添える。

年下のこういう無邪気なところを見ていると、日々の疲れが浄化されていくのを感じた。

ただでさえ最近は騎士団で生意気な顔と睨み合いながら取り調べされているので、このくらいの癒しがないとゾゾさんが言うようにやっていられない。

「じゃあ行ってくるね」

「はーい、気をつけてくださいね！」

ララを召喚して背にまたがる。

七色外套の魔法をかけて姿を消し、空へと舞い上がった。

上空の冷たい空気に、もうすぐ季節の変わり目がくることを感じた。

＊　＊　＊　＊

鑑定師のいる場所は日ごとに変わる。

知っているのはゼノン王子だけで、石を届けに行く日の朝に交信で場所を告げられる。

今日は東の森だった。

森の上空を旋回し、鑑定師のいる家へめがけてララに降りてもらう。

木々がひらけた場所には赤い屋根の可愛らしいお家(うち)がぽつんと建っていた。

玄関回りには色とりどりの花が植えられていて、花の蜜を吸いに蝶々がひらひらと舞っている。

私も寮ではなく、いつかこんな素敵な家に住んでみたい。

ララは小さくなって、私の肩の上にちょこんと乗った。

「ごめんくださーい」

袋を抱えながら緑色の玄関扉に飾られている鈴を鳴らす。チリンと可愛らしい音である。

数秒して、パタパタと中から走り寄ってくる音が聞こえた。

ガチャリと解錠の金属音がすると、扉が開かれる。

「ナナリー！　いらっしゃい」

赤い髪を揺らしてにこやかに顔を出してくれたのは、親友のベンジャミンだった。

お菓子を作っていたのか、砂糖が焦げ付いたような甘い香りがふわりと漂っていた。

ここには鑑定師が住んでいる。

しかし彼女が鑑定師というわけではない。

「遅いのぅ。もっとシャキッとせんかい」

「うるさいなぁもう」

視線を下に向ける。

そこには小人型の蝋人形が、偉そうにふんぞりかえってベンジャミンの足元に立っていた。

さっさとその袋の中身を寄越せと、小人につま先をちくちく突つかれる。

「あがってちょうだいよ」

「お邪魔します」

「おじさま張り切っちゃってるのよ〜。ふふ、鑑定師なんて呼ばれちゃってねぇ」

ベンジャミンの言葉に、鼻を高々と伸ばしてドヤ顔をする小人。

そう。

鑑定師というのは、時の番人のことだった。

所長たちとモルグの鏡で会話しているときに、番人を破壊して処分しようという話を聞かされていたのだが、存在も疑わしい魔石を見分けられるのは時の番人だけなのではとベンジャミンが訴えたので、彼はギリギリのところで処分を免れていた。

実際問題、短剣に飾られている魔石とそれに似た石を見て、誰もそれを見分けられる人間はいなかった。

命の恩人であるせいもあってか、今でもこのおやじはベンジャミンにベッタリである。

魔石は魔物が生まれてからでないと退魔の魔法が効かないようで、見た目もさることながら判別が難しかった。

魔石をハンマーなどで粉砕したとしてもただ分裂するだけで意味はない。一個が二個、二個が十個となる。

どんなに小さくなろうと魔物の元には変わりないらしい。本当におそろしい。

大陸中で集められた石は、番人に鑑定されたのちにヴェスタヌへと送られることになっている。

一時的にドーラン へ魔石（かもしれないもの）を集めることに一部他国から反発が出たそうだが、アリスト博士のことがあった以外は、健全に他国と付き合ってきたドーラン王国である。

魔石と時の番人のことに関しても、情報を隠さず発信したことを含めて、信頼するに値する国だと見られたのか、時の番人を所持することにも理解を得られたそうだ。

外相である第二王子や外交官たちが今まで頑張ってきてくれていたおかげである。

外交の大切さがこれ程身に染みたことはないと、ゼノン王子は言っていた。

大陸の向こう側に魔物だけが生息しているという場所があるのもわかっており、近々そちらへ全王国の代表者何人かが討伐に向かうことにもなっていると、今朝の新聞にも書かれていた。

見出しは【大陸の勇者たち】である。

魔石を集めて、生まれたばかりの魔物を一網打尽にしていくというのが王様たちの考えであるが、今のところ魔物の発生数に変わりはない。

進化している魔物も一部いるので、これらのことにもまた対処していかなくてはならないのだ。

魔物が減るのは年単位で先のこととなるだろう。

「これも違う。これじゃない。これも、これも。あ〜、ないのぅ」

家に入ってすぐ、食卓机のある部屋の端で、時の番人が袋の中身を広げている。

その小さくて硬い手で石を鷲掴みにし、蝋燭の灯りに透かしてみては、これは違うあれは違う、これも違うと、その辺に用済みの石を放り投げていた。

私はその様子を近くでしゃがみこんで見ている。

ここへ訪れ、かれこれ一時間。

ベンジャミンにお茶を淹れてもらっていたが、それも飲み干した。彼女は今、洗濯をしに庭へ出ている。

はっきり言って、暇である。

余計なものは持ち込まないということで、女神の棍棒以外の荷物は全部仕事場に置いてきている。

「ナナリー様、汗かいてますね」

「地上との寒暖差かな」

「前髪上げてください」

「こう?」

ララに従い前髪を上げると、小さくなった彼女のふさふさの尻尾が額に当てられる。

パタパタ。パタパタ。

汗を拭ってくれているのか、ひんやりと冷たい尻尾の毛が気持ちいい。

「ひゃ〜、ありがとう〜」

肩に乗る彼女の顔に手をあてて頬をすり寄せる。きゅう、と喉を鳴らすララにとても癒された。

魔物だなんだと物騒なこと続きなので余計にそう感じる。

時の番人がこの家にいるのは、国王がベンジャミンたちへ直々に見張りを依頼したからだった。

初めはシュゼルク城か騎士団で管理するという話になっていたようだが、一つの場所に留めておくのは極めて危険ということで、どうせならと事情を知る彼女とサタナースに託したそうだ。

それにより国王から恩賞として贈られたこの家には魔法が施されている。

居場所が特定されないようこの家用に百か所の土地を開き、日ごと移動するように術がかけられているのだ。

今日は東にいるけれど、明日は南か北の地にいるかもしれない、ということだ。

諸外国にも場所を提供してもらっているので、ヴェスタヌにいるときもあるし、ウェルウィディやシーラ、セレイナにいることもある。

今こそ、ロックマンが作り上げた『殿下直接語りかけ機』が役立つときである（王子は二度と使うなと言っていたが）。

外国にいる間は生活の保障としてその国の通貨で報酬を頂けるようなので、特に不便なことはないようだった。

今はこういう形をとっているけれど、いずれは一か所で保管監視ができるよう、対策を考えていくということも聞いている。

ベンジャミンたちの行動を制限してしまうという点も考えると、いつまでも監視を任せたままではいられない。

早くて半年ほどで環境が整えば良いというのが王国の見立てらしい。

騎士団やシュゼルク城でも構わないではないかと思われるだろうが、番人は魔石について色々な知識を持っている。

ドーランは比較的平和な国であるが、それでも権力渦巻く王宮内で、誰かが悪用してしまう可能性もゼロではない。

それに番人は手を動かすことはできるものの、自分で歩くことができないので、誰かに持ち逃げされたら一巻の終わりだ。

国王にとって絶対の信頼を置ける人間は、つまるところ他の仕事で忙しい。ゆえにその中でも王族であるゼノン王子の信頼を受けている、かつ自由に動ける人材としてベンジャミンたちに白羽の矢が立ったのだ。

シュテーダルとの戦いのときに人々の為に命を張ったという事実もあるためか、そこの所の信用もある。

「ないのぅ」

番人のとんがり帽子の先がヘタっと垂れる。

まだ本物は見つからないらしい。

魔石の見分けがどうついているのかが不思議で、毎回目を凝らして番人の選別の様子を見ているが、私には今日も本物と偽物の違いはわからなかった。

いつも大量に石を運んでいるが、本物はその内一個くらいで、数は非常に少ない。

全くないこともある。

「おお？　おお～！　これじゃこれ!!　……ほれ、暇ならちったぁ区別できるようにならんか」

ポイッと、本物だという魔石を私に投げつけてきた。

「ちょっと！　乱暴に扱わないでくださいよ」

「まだまだ生まれなさそうな魔石じゃ。まだただの石じゃよ。扱い方を知らなければな」

慌てるな馬鹿者がと言われて口を噤む。馬鹿は余計である。

番人は騒ぐ私を尻目に魔石探しを再開した。

「わからないなぁ」

私は投げられた魔石を拾い、机にある蝋燭を床に置いた。

木の枝を擦り付けて蝋燭に火をつける。

手の平の上で魔石をコロコロと動かして様子を見てから、明かりにかざして観察してみた。

「う～ん」

普通の黒い石よりは硝子に近いような、宝石っぽい光沢のある表面だ。

でもそこら辺にもこういう石ってたくさん落ちている気がするし。

乱雑に置かれている魔石ではなかった普通の黒い石や、宝石のような輝きを放つ石を床から拾いあげて、同じようにかざして見比べてみる。

指先で摘まんだ石を角度を変えて何度も観察する。

「う～ん」

それでも違いはわからなかった。

＊＊＊＊

「今日はこんなもんじゃろ」

大量の石と紙切れに囲まれた番人は腰をさすりながら肩をまわした。

紙切れは石一つ一つを包んでいたもので、それには誰がどこで見つけたものなのかが書かれていた。

「レイン・カスケイドさん、ね。破魔士だからすぐに連絡とれそう」

本物の魔石が包まれていた紙を確認して袋に入れる。

そして魔石と判断されたものを、今度は王の島にある騎士団の宿舎へと運んでいく。

「あら、終わった？」

「今日は一個だった」

外套を羽織り城へ行く準備をしていると、台所の方からベンジャミンが顔を出した。

キャンベルに貰ったという、フリフリのレースがあしらわれた前掛けで手を拭きながら駆け寄ってくる。

「なかなか見つからないものねぇ〜」

「ねー」

「帰り、寄れるならご飯一緒にどう？　ナル君が今日は夜にも仕事あるらしくて」

遠慮を知らない私は手を叩いて喜ぶ。

次にここへ来るのは十日後くらいだろう。

他の国から集められる石は、騎士団内の雷型の隊員たちが直接回収に向かい、王子へ報告をしたのちに家の場所を聞き、この家にたどり着く算段となっている。

けっこう面倒なのだ。

けれど今は原始的な方法でしか扱えない。何十か国もあるので騎士たちも大変である。

その負担を少しでも減らそうと、ドーラン王国ではハーレが窓口となって、職員である私が運び屋となっているわけであるが（所長は忙しいので、特になんの役職もなく時間的に余裕のある私が選ばれた）。

王子も念を飛ばしたり朝から晩まで忙しいので、仕事が増えて大変だろう。

明日には違う人間がここに石を持ってくる。

早く体制が整えば良いと願うばかりだ。

「遅い時間に作るから、いつ寄ってくれてもいいわよ。おじさま、こっちでお芋洗ってくれる？」

「ほい」

トキおじを上手に使いこなしているベンジャミンだった。

幕間

私は人の話を聞くのが好きだ。

特に学校に通っていたときは、たまに大広間で開かれる校長先生のお話の時間が大好きだった。ご飯の話だったり、庭に咲いた花の話だったり、子供の頃の話とか、教員室でベブリオ先生とプリスカ先生が良い感じだったとか、他の生徒たちは退屈そうにしていて寝ている子もいたけれど（先生二人の話に関しては皆聞き耳を立てていた）、いつも面白くてもっと聞いていたいくらいだった。

人との会話も嫌いじゃない。

けれど同じことを言われたり聞かされたり、質問されるのは好きじゃない。

こう、イライラする。

わからないことを聞かれるのは何回だっていいけれど、わかり切っていることを何回も何回も聞かれるのは我慢ならない。

いきなり何の話だ、と思うかもしれないが、何かというと。

「重要なことなんだから、もっと絞り出してくれないと困るな」

シュゼルク城、宮廷魔術師にあてがわれている広い一室。

乳白色の壁に、大きな絵画、銀色の調度品。

皮張りの赤いソファに座らせられた私は、部屋の小窓から吹く心地よいそよ風に目を閉じる余裕もなく険しい表情を保っている。窓の向こうには今にも沈みそうな夕陽が見えた。

足を組み、腕も組む。

人差し指でトントンと二の腕をつつく。

誰が見ても私の機嫌がよろしくないことは一目瞭然だ。

一方、書きとめ用の紙をテーブルに置き、黒い筆を片手に持つ金髪の男は、向かいのソファに座り、私と同じように足を組んでいた。魔術師用の制服なのか、隊服とは違う紺色の衣装を身にまとっている。

編み込まれた長い髪が膝まで垂れていた。

今日も眼鏡をかけている。

その後ろには、この部屋の雰囲気を感じて居心地悪そうにしている宮廷魔術師の若い男性が、扉の前に立っていた。

「これ以上私を絞っても何にも出ないわよ」

この間から同じ質問ばかり。いったいそれで何が得られるというのか。

時間の無駄だ。無駄無駄。

頬を目一杯これでもかと膨らませて、相手の男にそう物申す。

「いいや、国王陛下や重臣たちから尋問されないだけマシだと思ってくれないと。本当なら君の脳みそいじくられてもおかしくないんだから。そもそもあんな所でポロっと言っちゃう君が悪いんだよ」

「わる、悪い……!?」

ガタッとソファから腰を浮かせる。

同時に、対峙(たいじ)している赤い瞳が上を向いた。

私もそれに対してじろりと見返す。

「そぉ～もそも自分はどうなのよ、魔物の術のことだって解決してないじゃないの」

テーブルをバシバシバシバシ叩いて抗議する。

だが、氷のような冷たい視線を寄越されるだけだった。

なんて奴だ、あれは心を持つ人間の目じゃない。

足を組み替えてじろじろと不躾(ぶしつけ)な目で見てくる男、ロックマンに、私の握り締めた拳がプルプル震える。

そのキラッキラの長い髪をわし掴みにしてぶんぶん振り回してそこの窓からポイっと放り投げたいとか、我ながら久し振りに激しいことを思った。

そうして少しだけ我に返る。

この感情、どうやら好意とは別物らしい。

魔物や始祖について知っている話をするようにと情報を求められて、私はシュゼルク城の部屋に缶詰めにされていた。

そりゃ私も申し訳ないとは思っている。

あんなところでポロっと、そう、ポロっと始祖との会話なんちゃらと話してしまったうえに、目が覚めてからすぐにそれを報告しなかったから今こうして取り調べを受けているわけだ。

だからといって自分が知っている以上の何かを提供できるほどの情報は持っていない。

こんなに聞くなら心境術なりなんなり私にかけて、嘘をついていないか他に情報はないか確かめればいいのに、毎度毎度同じ質問ばかりでいい加減私の脳みそが沸騰してしまいそうだった。

「いやぁ。わからないことを聞かれても」

ロックマンは手の平を上に向け鼻で笑った。

「くっ……」

ちくしょうどこまでもとぼけやがる。

取り調べが必要なのはこいつではないのか。

夢見の魔物もなかなか口を割らないようで苦戦していると聞いている。

死なないように拷問しているらしいが、それもいつまで続くのか。

「私だって破片飛び散ったのがあーでこーでとしかわからないもん」

何度も同じことを話しているせいか、自分の語彙力が残念なことになってきていた。

宮廷魔術師長であるロックマンは私の取り調べ担当のようなもので、この一か月はずっとこんなやり取りをしていた。

他の人では駄目なのかと、この前部屋に来ていた騎士団長に聞いてみたものの、適任者は彼以外いないということで論外扱いだった。

この部屋には何重もの魔法がかけられているのがわかる。肌で感じるのだ。

そういうのも含めて（防衛とか）の人選なんだろうが、重いため息しか出ない。

「あと何だっけ？　シュテーダルが氷の始祖に恋してたって話だっけ？」

ロックマンは膝に頬杖をついて、気の抜けた表情で口を開く。

そうだ。もう大半のことは話している。

氷の始祖から聞いた話は一通り報告済みであり、この前も同じように話した。

「そうそれ！　それで怒って悪さして、ああなっちゃったって」

「で？　他には？」

身ぶり手振りで必死に説明する私をよそに、ニッコリ笑顔で問われる。

「だからないってばぁ!!」

うがぁっ、と唸り両手で頭をわしゃわしゃ掻いた。

前髪はどんどん荒れていった。

＊　＊　＊　＊

この不毛なやり取りを、この煌びやかな城内で意味も無く繰り広げているのだ。天井にあるシャンデリアの輝きが今は虚しく見える。

五日前もそうだった。

あそこに立っている魔術師の人もいい加減やめてくれと思っているに違いない。声に出して訴えてほしい、私もやめたい。

こうなってくると公的に嫌がらせをしているのではと疑いたくなってくる。

過去での出来事が未来に少しでも影響していないか心配だったので、一度サタナースとベンジャミンと三人で学校へ顔を出して確認してみたが、私たち教育実習生の記録は残っていないことがわかった。

入学式の日やその後数日の校長の業務日報には、入学式の翌日にプライクルに噛まれた生徒三人を発見。教頭に怒られた。

とだけ書いてあった。

三人とはロックマンと私とトレイズのことだ。

変わったようで変わっていない未来は、時の番人の修正力により、特に大きな変化は生じていなかった。

こんなにいびられるならあんなに心配するんじゃなかった。

私は唇を尖らせる。

だいたい、自分で自分の胸を刺すってどうなんだ。ノルウェラ様にこってり絞られればいいんだ。と矛先を変えようと話題をそらしてみれば、またそれを持ち出して、とロックマンは額を押さえた。

「話をそらさないでくれないか。はぁ……。話が進まないなぁ……。キャメル、お茶を持ってきてもらえる？」

後ろに控えていた男性は、ロックマンに頼まれると部屋から出て行った。

「今日で一旦調べるのは終わりにするから、そのつもりでもう一回会話を思い出してみて」

「私の中ではもう終わってるんだけど」

カチャリと部屋の扉が開いて、魔術師の男性が戻ってきた。

静かにお茶が運ばれてくる。

「この女の人屁理屈バリバリなんだよねぇ」

「は、はぁ……」

そっとテーブルに茶器を置いている魔術師の男性に同意を求めていた。

屁理屈はどっちだとぶつくさ垂れながら私は紅茶に手を伸ばす。

でもこれで最後だというなら、とりあえずもう一度始祖の女性が言っていたことを思い出してみてもいいかもしれない。

最初は自分が始祖だと語りかけてきてくれて、シュテーダルが生まれたところを見せられて、それから命を生み出すのはいけないことだとも話してくれた。

全部彼には報告済みの内容だ。

母親の話が絡む、海の国に沈んでいた氷の魂については話さなくていいと言われたのでそれは一旦置いておくとして。

シュテーダルが生み出された経緯も初日に話したので、それ以外となると……。

『呪いも、千年――』

ハッと目を瞬かせる。

ソファの背もたれから離れて背筋を伸ばした。

「そうだ」

「何かあった？」

ロックマンは運ばれてきた紅茶を口に含んだ。

私も一口飲んで一呼吸おき、すっかり忘れていた、あることを伝える。

「女の人にね。シュテーダルの呪いで、火と氷の間には子供ができない、って言われたの」

そう言った直後、ブフッとロックマンは口にしていた紅茶をものの見事に噴出した。

ケホケホと咳き込んで口元を拭っている。

「大丈夫？」

飛沫の中に綺麗な虹が見えた気がする。

彼は眉間にシワを寄せて苦しそうな表情をしていた。

大丈夫かと声をかけたが、手を上げて大丈夫だと言う。

胸をおさえて、口直しなのか、ロックマンはもう一度紅茶を啜っていた。

あんなにもう話すことはないとか言っていた手前、まだ忘れていたことがあった事実に恥ずかしくなる。悪いことをした、と私は小声で謝った。

気を取り直してそのまま話を続ける。

「でも呪いも解けてきているようだから、仲良くすれば大丈夫だとか言ってたわ」

「ブフォッ」

またロックマンが紅茶を吹き出した。さっきより大きい飛沫だった。

胸を叩いて眉根を寄せている。

こいつ本当に大丈夫なのか。

何か病気でも患っているのではないのかと心配の目を向ける。

もしかして魔物の術の影響で紅茶が飲めない病にかかったとか、過去で大人ロックマンに首をしめられたせいで喉が病気になったとか、そういうのが原因では。

と、力説してみれば首をぶんぶん振って否定された。

じゃあなんだと言うのだ。

「ええと、まぁ氷が少ないのって、そういうのもあったからかも？　って思うのよ。子孫が残せないしさ」

「あぁ……うん」

ゲホゲホと喉を鳴らしながら、もう大丈夫ありがとうと彼は立ち上がった。

キャメルという魔術師の男性が背中をさすってあげていた。

「本当にもうないみたいだから、聞き取りはここまでにしよう」

「え。でもせっかく思い出したし、まだ忘れていることとかあるかもしれないわよ」

「たぶんないと思うから」

あんなにしつこく聞いてきていたのに、急にはいもう良いですと言われると今までのは何だったのかと拍子抜けした。

妙に疲れた様子のロックマンになんなんだと呟き、私は部屋を出る。

白い制服の騎士に下まで送りますと言われて、大人しくその背中について行った。


帰りにベンジャミンの家へ寄って今日はどうだったかと聞かれたので話したら、彼女はロックマンと同じように紅茶を吹き出していた。

この行為を見るのは今日で三回目になる。

もしかして彼女も魔物か何かの影響がと本気で心配したら、このお馬鹿と指でおでこを弾かれた。痛い。

そしてベンジャミンに諭されて私は初めて自分がとんでもないことを話していたのだと理解し、無言でテーブルに突っ伏したのだった。

❋ ❋ ❋ ❋

床に寝転がりながら、黄ばんだ紙に丸を描いては捨て、丸を描いては捨てを繰り返す。

この作業のお陰で、私は丸を描くのがすごくうまくなった気がする。

今すぐ丸を描け！　と命令されたらたぶんそこいらの画家より一発で美しい円を描ける自信があ

る。

「喉かわいたなぁ」

しかしこのままではいずれこの部屋がゴミ屋敷と呼ばれてしまうだろう。

横目で床の惨状を確認する。

なんとかしなきゃ。

なんて思ってても目の前のことに集中するとものぐさになってしまう私は思うだけにとどめる。

こんな姿を母に見られたらお尻を叩かれるに違いない。

豆を煮込んでいる鍋からコポコポと沸騰音がした。朝起きてすぐに仕込んでいたやつだ。

あれはまだもう少し煮込みが必要なので放っておこう。

音を立てる鍋をよそに紙に向き合ってひたすら文字や絵を書いていると、今度は窓を小さく叩く音がする。

コツコツと可愛らしい音だった。

朝からコポコポコツコツまぁ騒がしいことだと欠伸をして立ち上がり、窓に近寄って鍵を開ける。

窓を開けるとふわりと冷たい風が頬を撫でた。鼻先がツンとする。

視線を下にやると、一羽の白い小鳥がキョトンとした面持ちで私を見上げて、縁にとまっているのが目に入った。

「……」

きょとん。

つぶらな瞳でじっとこちらを見つめてくる鳥を見つめ返す。

私の休日を狙っているのか、この小鳥はこうして休みのたびに私の気を引いては窓を開けさせて、物欲しそうな顔を見せる。

そう、これが初めてじゃない。

この前も来た。

こいつはあれだ、確信犯だ。

そんな顔をすれば私から食べ物がもらえるとでも思っているのだろうか。

奴はいつの間にか私の手のひらで豆を食べていた。

「ピイ。カリッ、もぐ」

こっそりと手の平にのせていた豆が、一瞬でなくなる。

豆を食べ終わると小鳥はもう用無しと言わんばかりに飛び去った。

白い羽が一本縁に落ちた。

全く可愛げのない鳥である。

ふあ、と欠伸がまた出て、窓から離れる。

起きてから時間は経っているものの中々目が覚めている気がしない私は、寮の井戸で汲んできていた水を洗面台でパシャパシャ顔に浴びせた。

やはり魔法で出した水より自然に湧いた水のほうが目覚めがいい。マリスから手紙でお肌のお悩み相談を聞かせられていたので今度これを勧めてみよう。

「魔法陣の作成はいかがです？」

顔を洗ってボーッと惚けている私を横に、ララが散らばっていた紙を口に咥えてまとめてくれていた。

「もうちょっとな気がするんだ……お肉」

水気を払った手で腕まくりをして、再び筆を握りしめる。

肉の生成をしたいと思ってから早四年。

私はお肉作りを諦めていなかった。

「ああ！　ナナリー様！　お豆がっ、お豆があふれています！」

「きゃあぁ！　お豆が！」

放っておいた鍋から、沸騰し過ぎて豆が溢れて零れ落ちそうになっていた。

私は慌てて火を消し、床に落ちてしまった小麦色の豆を拾う。

お豆……。

魔法陣でお肉が出せないのならお肉になるような別の何かを代用して作れないかと色々試していった結果、辿り着いたのが豆だった。

干し肉、くるくるマープ、卵、果物、瓜類などなど、実験に使ってきたものは数知れない。

その中でどの食材よりもお肉に近い物体になったのが豆なのである。

このちっさい豆粒。

休日のたびに肉作りを諦めず、私はただひたすらに豆を使った肉の生成の為の魔法陣の作成に没頭していた。

火を起こす呪文「クレイゼル」を円の中に書き込む。その周りに豆の組織を分裂させるための小さな魔法陣をちまちま描く。

またそこを囲むように円を描いていく。次は風型が使う魔法とは違う生活魔法程度の風の呪文を象形文字を使って書く。足し算引き算、計算式も間に入れる。

ここは重要な部分だ。

これで何割程度の成分が分離されるのかくっつくのか、肉の生成に必要な魔法の割合が決まる。

でも、これがなかなか難しい。

私は計算に詰まってララのお腹に顔を押し付けた。

「むっふぅ……」

「ナ、ナナリーさま」

「むふむふ」

心地よい白毛の海に深呼吸を繰り返した。

「喉渇いた……水飲も」

今日も失敗である。

＊　＊　＊　＊

「よっこいしょ……」

ハーレの資料室で借りていた本を広げて、寝台へ腰かける。

よっこいしょとか言ってしまうあたり着実に仕草が歳くっているのを感じた私は、腰をパンと一発叩いた。

こんなんじゃいけない。もう少し自分磨きを頑張らなくては。

『時間とは、万物にはけして逆らうことの出来ない代物である』と。それはわかるんだけどなぁ」

時間に関する本をペラペラめくり、自分磨きどうのこうのを忘れて枕に頭を載せる。

近頃、すき間時間を見つけては「時間」というものを調べている。

考えてみれば時間というものは不思議なものだ。

時間は誰が決めたのか、流れとは何なのか、人や生き物が老けていくのと時間は関係があるのか、進んでいる物事を巻き戻すことはできるのか、など。日常では時間というものは当たり前過ぎて、その存在自体に疑問を抱いたことがなかった。

寝台横のテーブルに置いてあるもう一冊の本は『魔物の七不思議』という魔物についての書物だ。

作者はアリスト・ピグリ。

アリスト博士が書いたものである。

「博士……大丈夫かな」

天井を眺めてポツリと呟く。

彼に関しては、まだ王国裁判院で正式な罪状が決まっていないらしく、あと数年はこの状態が続くだろうと、城での尋問の際にロックマンから話を聞くことができた。

王国裁判院側は死刑を検討しているけれど、王族側と神殿側は保留を求めているそうだ。

正式な判決にはこの三つの組織の調印が必要となるため、まだまだ長期戦になるだろうと言っていた。

釈放とまではいかないまでも、最終的には彼の命を取らないような判決に持っていければいいとロックマンは話している。

仮面舞踏会のときのアリスト博士と、最後に見た姿、操られた状態だった博士を思い出す。

世界は一時的に平和になったけれど。

なんだかなぁと心が重たくなる。

平和って、難しいな。

ままならない現実を憂い、私は気を取り直して、再び本を開いた。

物語・Ⅷ

『それ本当ですか？』

『ええ』

このあいだ捕まえた魔物がついに口を開いた。

貴女になら話してもいいと言っている。

「うーん」

そんなことを肉作りに失敗し打ちひしがれていた夜に所長づてに聞かされて、なんで名指し？と不思議に思いつつも、翌日の今日、私は王の島シュゼルク城の地下にある拷問部屋へと来ていた。

それにしても城の門番に所長から手渡された登城許可証を見せたとき「まだ許可証必要なんですか？」と門番のお兄さんに目を丸くして言われたのは何だったのか。

さておき、ここは城の地下。

この拷問部屋についてはあえて詮索しないでおこう。私はただ与えられた役目を全うするのみである。

とはいえ、おどろおどろしい、何に使うのか聞くのもはばかられる道具たちを横目にびくつきながら、私は件の魔物を前に仁王立ちで構えていた。

薄暗い拷問部屋には私と、天井から吊るされた鳥かごのような檻に入れられている黒い霧状態の魔物だけで、騎士団長や他の騎士は部屋の外で私たちの様子をうかがっていた。

壁にあるランプの灯りがゆらゆら揺れている。

「これをどうぞ」

「む、鞭?」

ゴンザレス・ピーニャッツという、拷問を担当している騎士の男性から黒い鞭を渡された。

その場で試しに床をバチンと打ってみたが、いったいこれで私に何をどうしろというのか。

魔物が口を割らなかったら使えってことなのか、魔物が襲ってきたら使えってことなのか、魔物が逃げようとしたら使えってことなのかと想像が広がるが、私は魔法使いなので何かあったら魔法で対処しようと考えるのをやめた。

「……」

場を沈黙が支配する。

魔物と話すっていっても、ごきげんようとかこんにちはとか、当然そんな雰囲気ではない。

私に話すとか言われたから、かれこれ一時間こうして腕を組んで突っ立って今か今かと待ち構え続けているのに、拷問部屋に入ってからずっとこんな風に無言状態が続いていた。

拷問を受けていたから傷ついて疲弊して話すことができないということならしかたがないとなるけれど、私がこの部屋に入る前ピーニャッツさんへ向けてペチャクチャ悪態をついていたのが聞こえていたのでこいつが元気であることはバレバレである。

なにこれ。

今日休日返上で来たんですけど私の休日返してほしいんですけど。

言っておくが私も暇じゃないんだ。

魔法陣作りの続きをしたかったし、新しい服を買いにも行きたかったし、無事赤ちゃんが生まれたという行きつけの店の店員さんに贈る花を選びに行く予定だったのに。

拷問部屋に魔物と二人きり。

外からは監視されている。

これじゃあどっちが拷問受けているんだかわからない。

「アノ男はオレの魔力を取り込んで一時的に己の魔力をなくしている」

「へぇそうなんですね。……え？」

突っ立っていても暇なので、豆の補充しなきゃとか肉作りのことに思考を移し油断していたら、おもむろに魔物が口を割った。

聞き間違いとか空耳じゃないかと思って聞き返すも、舌打ちされて一回しかしゃべらないとか言われた。

なにこの魔物。こっちなんて一時間も待ってやったんだぞ。

魔物相手にムキになっても仕方がないので私も舌打ちし返すだけにとどめる。

「契約も何も、全部アノ男が一人でやったことだ」

「あんたはあいつに呪いをかけてないの？」

拷問担当の人に罵詈雑言（ばりぞうごん）を吐いていた魔物とは思えないくらい、冷静で落ち着いた声だった。

過去に戻っていたときに対峙したあの荒々しい態度とも違う。

魔物なのに人と話している感覚に近い。

うひゃひゃと不気味に高笑いしていたのがウソみたいだった。

「オレがそそのかしたのに違いないが、オレが呪いを込めて術をかけたのはアノ女だ。それを男のほうが魔力を吸収し呪い自体を変えた。オレの魔力を吸収するなど、アノ人間はなんなんだ」

「さ、さぁ」

気味が悪いとでも言いたげな声色で訴えられる。

私からしてみればある意味どっちもどっちなのだが、吸収と聞いて、私は以前ゼノン王子が話していたのを思い出した。ロックマンが幼くなったときのことだ。

魔力が制御できず、親とは別々に暮らしていた。ということ以外にも彼は色々教えてくれたが、その中でこんなことも言っていた。

『魔力がおさえられず、生まれるときも母親の魔力を吸収しようとして母子共に危なかったらしい』

このことが関係しているのかはわからないけれど、自分で新しい魔法をいくつも作り出す能力がある男だ。何をしても、何を知っていてもおかしくはないだろう。

「女はオレとの契約通り、やることはやった。死ぬことはあるまい。だが男はあのままだと早死にするだろう。違う魔力が体に流れているとはいえ、瀕死の状態がひと月に一度は訪れる」

「ひと月に一度、まさかあれきりじゃないってこと？」

あの黒髪になる現象はまだ終わっていないというのか。

あれからまたああいう状態になったとか誰からも聞かないけれど、もしかしてあいつ隠していたのか。そんな重要なことを。

たぶん生活や仕事にギリギリ支障が出ていないから皆気づいていないんだろうがそんなのダメに決まっている。

尋問のときにしばらく屋敷に帰っていないと言っていたので宿舎か別のどこかで過ごしているのだろうが、んんん、もうなんでこんなことを私が心配しなくちゃいけないんだ。

いや、でも、普通そう思うだろう。

ゼノン王子なんてこれを聞いたら絶対に怒るはずだ。

「それって治せないの？」

「氷の血を持つオマエたちが、オレをあいつの身体から祓(はら)ったように祓えばいい」

「本当に？　それだけで？」

簡単すぎて怪しい。

「オマエは自分の傷や他人の傷を治すのが苦手だろう」

「は、え、いやそれはまぁ、っちょ……なんで知ってるのよ‼」

「当たり前だ」

当たり前？

確かに学生のころから治癒の魔法だけはからきしだった。どんなに努力をして試しても一定以上の効果は出せず、人に自分の傷を治してもらうほうが断然に早かった。治癒魔法の先生も、治癒苦手なのに喧嘩をするなと怒られていた。

私に治癒の才能がないことはわかりきっていたけれど、自分の弱点を世間様にさらけ出すほど命知らずな女ではない。それなのにこの魔物は私がそうだと見抜いていた。

「氷の力はオレたちに、特に知恵をつけたマモノ、シュテーダルに近い物体に対して恐ろしく力を発揮する。その力を削ぐため、オマエたちには種を減らすための呪いがかけられている。怨念に近いものともいえるだろう」

氷の始祖も同じようなことを言っていた。

シュテーダルによって火と氷の間には子供ができない呪いがかかっている。

それを聞いたとき私は、火と氷がイチャイチャしていたからってただの逆恨みで嫌がらせみたいな呪いをかけるとかなんてはた迷惑な奴なんだと思っていただけで、それが根本的というか、氷の血を根絶やしにするようなものだとは思っていなかった。

それならじゃあ、私たちが気がついていないだけで他にも呪いでできないことがあるのかもしれない。

治癒の能力が弱いのは氷の自己再生を防ぐためで――あれ、もしかして、私の制服に魔法が効かないようになっているのってそのせいだったりするのでは。

無茶するからとか所長は言っていたけれど、あの生成水、これを見抜いていたかもしれないのでは？

ありがとう、ハーレ・モーレンさん。

私は生成水へ向けて両手を合わせた。

「そのぶん、オレたちを祓うのには強い。他の魔法使いができなくとも、オマエたち氷の力を持つものであればアノ男の状態をよくすることができるだろう」

「なんで私に話してくれたの？」

「……」

魔物は最初みたいに黙ってしまった。

聞きたいことは聞けたから別にいいとして、単純に気になった。

私はこの魔物をここへ追いやった張本人である。私が氷の血を持つからといっても騎士の中にも氷型はいるわけで、なんで自分を独房へぶち込んだに等しい人間をわざわざ呼んだのだろう。

この黒い鞭を使うことにならなければいいが、何か企んでいるんじゃないかという疑いは消えなかった。

「いい恋とは何だ」

理由を考えていた私だったが、魔物がこともなげに発した言葉に目をぱちくりとさせる。

いい恋？

「オマエがオレに言ったんだ」

言ったけども。

よりによってそこに疑問を持つとは思っていなかった私は少々、いやかなりビックリしている。

そこが気になって私を呼んだのか。

というか魔物が疑問に思うっていうのも、私からしたら変な話ではあるのだけれども。

『あんたもさ。次はもっといい恋しなよ』

そんなことを知りたかったのかと思うと同時に、シュテーダルの一部である、この知恵をつけた魔物にとっては大事なことだったのかもしれないとも思いなおす。

きっと、そんなこと、なんかじゃなく。

この魔物になんでそう言ったのか、自分が一番わかっていたはずなのに、失礼なことを考えてしまった。

過去で魔物に取りつかれたロックマン少年を抱きしめたとき。

あのとき私は、次にシュテーダルがするなら、こんな恋ができればいいなと思ったんだ。

「相手が自分の思うとおりにならなくても、心から好きになって良かったたって、思えるような……感じ？」

途中から言っていて恥ずかしくなった私は、頬をかきながら魔物と向き合う。

こういうのもっとベンジャミン先生に教わっておくんだった。彼女ならもっとうまく話せるだろうに。

「シュテーダルがしていたのは『恋』なのか？」

「たぶん」

「ほう、そうか」

この魔物はいろんな人間に憑依していたせいなのか、人間の感情というものをそこらへんの魔物よりずっと深く理解しているようだった。

恋、と魔物に語りかけたところで「そうね恋ね」と返してくれる魔物なんてこの夢見の魔物くらいだろう。

恋がわかるのかと聞けば、取り憑いた多くの人間がそれについてうだうだ悩んでいたのを見てきたのでそういうのは粗方理解できるのらしい。

「滅ぼしたいほど憎んでるのに、求めるって不思議だなぁ。火の型を呪おうとは思わなかったのかな。もちろんダメだけども」

「馬鹿か貴様。アノ女がオマエではなく男のほうを襲ったのと同じだろうが」

「？」

いい恋とは何かを教えて優位になった気でいたのもつかの間、とてつもなく重要な感情について魔物より理解が劣っている気がしてならなくなった。

好きな人を呪うって、なんでなんだろう。

その理由を聞いたら、私もその感情を理解できるのだろうか。

なんだかそれも怖いような気がした。

モヤモヤを抱えながらも、とりあえずピーニャッツさんと騎士団長へ魔物から聞かされたことを報告したのち、私は城を出た。

帰り道、心地よい風に吹かれて立ち止まり、よく晴れた空を見上げる。

ロックマンに会う予定はしばらくないが、家に帰って手紙が届いていたら今度は何て返してやろうかなんて企んで、ふと思い出す。

そういえば空離れの季節にお出かけうんぬん言われてたような……あれ、お出かけってどーすんの私？

ねぇちょっとまって魔物と恋バナみたいなことしてる場合じゃないんだけど⁉

手紙を読んだときの衝撃がぶり返した私は、熱くなった顔を冷やすべく雄叫びを上げながら着地場に向かって走る。

「なんだあれ？」

「さあ？」

すれ違う騎士たちには怪訝な顔で見られた。

物語・Ⅸ

竜が生命保存生物に指定されたらしい。

今朝受け取った新聞に書いてあった。

「マーグレル地方の黄色い竜は、もうドーラン内では確認出来てないですもんねぇ」

「幻の生物になる前でよかったと思うべきかしら」

裏庭の休憩所でチーナやゾゾさんと共に丸太へ腰掛け、共用の新聞を広げながら軽食を頬張る。

庭師の人が芝生を刈ったばかりで休憩所は小綺麗になっていた。心休まる空間には庭師のおじさんが欠かせない。

新しくお花を植えてくれたのか、黄色いクインカの花が花壇に咲いていた。

二人掛けの椅子に乱雑に置いてあるひざ掛けを手にとり肩に羽織る。

「保存生物となると、竜関係の依頼は断らなければいけなくなりましたね」

蒸かした野芋（のいも）をパクリと口に含んで新聞の記事を指さす。

竜はこちらから仕掛けなければ比較的おとなしい生き物であるが、お腹が空くと近くの町を荒らしたりするので討伐している国が多かった。

繁殖が難しいとされている彼らはそのせいで数が減り、今では滅多に姿を見せていない。

人里に近寄らなくなっただけだと思っていたが、こうして保存生物になったということは本当に絶滅寸前だったのだろうと改めて現実を突きつけられた気がする。

　人間もいつまで食物連鎖の上位にいられるかは分からない。

「あの～パラスタ先輩、お見合いはどうでした？」

　三人でぽけ～っとしていると、チーナがおもむろに切り出した。

　私はバッとゾゾさんを見る。

　それは誰もが聞こうとして聞けなかったやつだ。勇者チーナはその勢いのまま彼女へ詰め寄り、かっこよかったんですか良い人でしたかと矢継ぎ早に攻めていた。

　ゾゾさんの目に覇気がない。

　ち、チーナちゃん、と抑え気味に彼女の肩に手をかけるが、その前にゾゾさんが口を開いた。

「どうもこうもないわよ。お互いお世辞言って終了。今まで生きてきた中で一番退屈で最悪な時間だったわ。あっちもそう思ったでしょうよ」

　ゾゾさんは先日、結局お見合いへ行った。

　皆の引きとめも虚しく相手とお茶をしに行ったようだが、心躍るような出会いではなかったみたいだ。

　あんな空間に今度行くようなことがあったら国外へ逃げてやると鼻をフガフガ鳴らしている。

「しばらく恋愛関係はこりごりよ。貴女たちは頑張んなさい、特にナナリー」

「私に振らないでください……。頑張ってねチーナ」

「え～、せんぱぁ～い」

三人揃って蜜茶を啜った。

＊　＊　＊　＊

竜が生命保存生物に指定されたことにより、所内の掲示板に注意事項が加えられることとなった。竜の皮膚素材など、指定生物に関係する依頼は受けられないという、依頼人向けの注意喚起(かんき)である。

所長からの指示通りに用紙へ書き込み、数週間は掲示板以外の壁にも貼り付けることにする。食堂のカウンターと座席にある間仕切り、待合場所の壁や魔導所の玄関口。

十数枚以上あるお知らせ用紙を抱えて、魔導所内を歩き回る。

すれ違う利用者に挨拶をしつつ、時折この紙が欲しいという人がいるので手渡していく。

竜なんて見たことないと同年代の破魔士が話しかけてくるので、私もです、と苦笑した。

若年層にとっては見たこともない生き物なので興味津々といった様子だったけれど、竜を見たことがある年代の人たちは感慨深げに新聞を広げて立ち話をしていた。

「竜退治なんて昔の話だもんな」

「年取ると悲しくなるぜ」

白い口ひげを生やした破魔士の男性が、切り傷のある頬に手をあてて眉を垂らしていた。

生き物と年月には切っても切れない繋がりがある。人の思い出もまた然り。

しかしこうなると困ってくるのが、あの人である。

昼時の肉の焼ける美味しそうな匂いを鼻先で感じつつ、私はある依頼人の顔を思い浮かべて用紙を眺めた。

「ヘルさん」

「はい？　あら、ペトロスさん！」

玄関口に用紙を貼るため外へ出ようとした私は、声を掛けられて振り返る。

そこには薬師のペトロスさんが買い物袋を片手に立っていた。

依頼人受付へ向かうところだったのか、箇条書きに書き留めたものも握りしめていた。

彼を依頼人受付へ案内し、新人の男の子がちょうど一人で座っていたので、声をかけて隣に座る。

新人育成係のニキ先輩がお手洗いに行っているようなので、彼女が来るまで代わりと言ってはなんだが横で一緒に業務に当たることにする。

落ち着きのあるゆったりとした仕草が印象的な男の子で、名前はヤヌス・テラロイド。栗毛のさらさらした髪も彼の特徴である。

特技は口笛を吹くこと。

この前裏庭で披露してくれた。

凄い上手だった。

「ペトロスさん、いかがしましょうか」

「とりあえず、他に薬に代用できるものがあるか考えてみたんですけど、これです」

難しい顔をした彼は、先ほど手にしていた用紙を差し出す。

薬師であるペトロスさんは以前に心臓の病気に効く薬に必要な材料として、竜の鱗の依頼を出したことがある。

そのときはまだマーグレル地方の竜の巣に鱗が落ちていたのでなんとか依頼は完遂されたが、もう王国内にその姿はないばかりか、外国へ行ったとしても、竜の生活域に足を踏み入れてはいけない。まして竜の身体の一部を持つことは禁じられてしまっている。

「竜ほどとはいかないまでも、同じような鱗類をと思っています」

薬には竜の鱗のような丈夫な性質をもつものが必要なのだと話された。

「そこで、人魚の鱗はどうかと考えたんですが」

「人魚⁉」

大きな声を出して、周りから奇異の目で見られた。

私はとっさに口元を隠して頭(こうべ)を垂れた。

ペトロスさんは私の前に一冊の本を出して瞳を輝かせる。

表紙には下半人が魚の人間、人魚の絵が描かれていた。中身を読まなくても内容はわかる。

ペラペラと紙をめくり、この鱗がきっと代わりになるはずです。と、さっきとはうってかわり真剣な表情になる。

本当に代わりになるのかは横におき、鱗をいったいどうやって手に入れるのか疑問に思う。

竜の鱗みたいに巣に落ちているというわけではないだろうし、直接下半身からひっぺがしてそれを持って帰るのか、物が物なので想像がつかない。

竜の鱗にはいささか劣るらしいが、性質的には文献を見るかぎりぴったりなのだという。

国外のものを持ちこむことになるので、外官の許可ももらわなくてはならないだろう。

「まれに海岸や砂浜に流れついていることがあるそうなんですよ」

私の疑問をくみとってか、本を開いてペトロスさんは言った。

人魚が住む海の国は、コックイル海域と呼ばれる位置にある。

その海にいちばん近く交流もあった場所といえばセレイナ王国だ。

海の国から直接持って帰ることはできなくとも、セレイナの海岸から打ち上げられた鱗を持って帰ることは可能である。

ただしセレイナの領土にあるものなので、あちらの国に外官とはまた別の許可をもらいに行かなくてはならない。

セレイナにもハーレのような場所はあるがそこではなく、国役場という王様へ直接、間接的に許可を申請できる所に申請書を出すのだ。

ここで許可が下りれば、次に行くときも手続きが簡素化できて動きやすくなるだろう。

手数料はその度に取られるだろうが、彼もそのことは承知済みである。

とりあえず方針はまとまってきた。

「セレイナと外官にそれぞれ許可がとれ次第、破魔士へ依頼という流れでよろしいですか？」

「手数料と破魔士への賃金依頼の仲介料となるとけっこうな金額になりますよね？」

「手数料がいくらになるのか、最低でも五ペガロだと思うんです。ハーレでの取り引きでシーラの金粉ちょうちょがそのくらいでしたので。依頼を出す前にその辺りを相談しましょう」

「ありがたいです」

決まりだ。

ペトロスさんが去った後、私とヤヌスは外官の手順を互いに確認し合った。

「外調鑑識官から輸入許可証を貰うために、まずは所長の押印がある申請書を作って」

「裁判院に提出する、ですよね」

彼は人差し指を立てると目頭にグッと力を入れて私を見る。

「そうそう！　でも今年からシュゼルク城のソリド大臣宛になったって言われなかったっけ？」

「あ……忘れてました。俺、物覚え悪くて、すみません」

「別に本当に提出先間違えたわけじゃないんだから謝らなくていいんだよ、そういうのはやっちゃったときに言うもの」

「やっちゃったとき……ナナリーさんはあるんですか？」

「んまぁ……いや…えっと。毎月何かしらやっちゃってるような。クビを覚悟したこともあるようなな」

スン、と明後日の方向を見る。

「ええ！　そんなにですか？」

先月の時の番人のときとか、その前には所内で騒いで所長からゲンコツされたりとか、就業態度やばくないかと自分で感じることが多々ある。

時の番人のときにクビになるのを恐れて所長に平謝りしたことは誰にも言っていない。

恥ずかしすぎる。

甘やかされているんじゃないかと思うが、そういう意味では幸運なんだろうなと自分の置かれた環境に再度感謝をする。

ゾゾさんには、思ったより仕事バリバリ人間じゃないところが好きだと言われたことがある。

それで良いのか悪いのか微妙なところだが、好きだと言ってくれるなら悪く捉えることもない。

「ヤヌスはしっかり者だと思うよ」

「ありがとうございます」

彼は私の名前と自分の名前が記された申請書を持ち立ち上がった。

所長室へ向かう後輩の姿を見送り、私も破魔士専用受付の席に着く。

「ヘルちゃん、ただいまー。この依頼のばあさんちょっと癖モノだったよ。個人的に仕事頼まれそうになっちゃってさぁ、そりゃもうしつっこく」

「お帰りなさいませ〜、お疲れ様でした。個人的にお仕事を？　無償で？」

「うん」

破魔士の男性はこめかみをおさえて困り顔になる。

「それは困りましたね。今度依頼が来ましたらそれとなく注意するよう書いておきますね」

「俺からだってわからないようにしてもらってもいい？」

「ええ、それとなく言ってもらえるようにしますから。最近そういう方が増えているみたいなので、という体で」

実際そういう依頼人は見聞きするので、その類の声かけは皆得意としているところである。

「ありがとう。ヘルちゃん大好き」

「また奥様に怒られますすよ」

「それとこれとは別なのさ～」

調子のいいことを言いながら、破魔士の男性はガハハと大笑いしながら外へ出ていった。

「お姉さん、あの掲示板の左端のやつってまだ残ってる？」

「あります。お受けしますか？　コーディさんはこの間イーバル中級を過ぎたので、その隣の物でも受けられますが」

「え、あ、俺のことわかるの？」

「もちろん記録がありますからわかりますよ」

「いいやそういうことじゃないんだけど、なんかお姉さん面白いな」

彼の履歴を確認しつつ、依頼書に押印をもらい送り出す。

受付の列が途切れたところで、懐から革の手帳を取り出す。

もし外国に許可証を発行してもらうということになったら、出張で私が行くことになるかもしれないということを頭に入れつつ、手帳を開いて大体の時期を見積もった。

出張の期間は三日間、それまでにかかる日数は手続きの時間を考えると約二か月。

手帳内の小さな文字を追っていくと、赤く囲っている日が目に留まる。

〝ゼノン王子お呼ばれ〟

予定に入っている文字を見て、パタリと手帳を閉じる。

シーラ王国第四王女の結婚の儀。

もとより来られたら来てくれという話だった。

返事もはっきりとはしていない。

仕事バリバリ人間じゃないところが好きだとゾゾさんは言ってくれたけれど、一国の王子の誘いより仕事を優先しようとしている私はとてもじゃないが褒められた人間ではないだろう。

「神殿から一件依頼が届いてるから目を通したらアルケスに渡しておいて」

指先で手帳を遊ばせていると、ゾゾさんがカウンターに三枚の紙を置いて後ろに立った。

これは？　という顔で振り向く私に、彼女は所長からの確認のご指示よと言って片目をパチンと閉じる。

「なるほど。でもそこからの依頼は珍しいというか……」

「私も見たけどキングス級への依頼にしては内容は軽い感じだったわよ。よっぽど失敗されたくないんでしょうね」

魔物絡みであればキングス級も当然ではあるが、家の周りに強力な防御膜を張ってほしいだとかそういう依頼もキングス級に来ることがある。何かを正確に丈夫に施してほしい時が多い。

神殿ならば騎士団に頼めばそういうことをしてくれそうだけれど、わざわざこちらの破魔士に依

『神殿施設の修繕作業』？　専門の業者じゃありませんし、修繕作業をするというよりかは建物に術を仕込むなりなんなりするんでしょうかね」

「騎士団に頼むより割安なんじゃない？」

割安かぁ。

神殿も大変らしい。

物語・X　ゼノン視点

ぎらついた太陽の下(もと)、眩しく輝く海の上で航海中の豪華客船が一隻(せき)。

「ゼノン殿下こちらをどうぞ」

不規則な揺れに耐え、潮風に吹かれながらどこまでも続く水平線を眺めていれば、白い口髭(くちひげ)を上向きにそろえた男に声をかけられた。

「ありがとう」

襟に指をかけ身なりを整え、勧められた酒をそっと受け取る。

男はシーラの外務大臣、ルイス・ベガだった。

国産であるこの酒によほど自信があるのか、これは西の山で収穫できる特別な木の実を使っているのだと大臣はグラスを空へかざし目を細めていた。

そのように言われては飲まないわけにもいかず、自分も酒を口へ含んで舌の上で転がす。

確かに香ばしさのようなものを感じる。

一番上の兄が好きそうな味だ。

素直に感想を述べると、彼は肥えた腹を撫でながら土産にどうぞと笑い、次いで俺の隣にいる男へと目を向けた。

「公子殿下もいかがかな」

「殿下はちょっと……。アルウェスなりフォデューリなり気軽に呼んでください」

殿下という敬称に苦い表情をするアルウェスが、青い礼装の襟を正し首を振っていた。

緩く結わえた長い金髪がその動きに合わせて揺れている。

出発前にこっちのほうが絶対に良いとミスリナに三つ編みを所望されたうえ、髪をグシャグシャにいじり倒されていたのは、今思い出してみても面白い。

「しかし貴殿も王族ではないですか」

思い出し笑いでニヤついた己の顔をよそに、また違う理由でニヤついたであろう表情のベガを見て、これは話が長くなりそうだと酒を一口含む。

外国の大臣から血筋や家柄を探られるのに慣れているアルウェスは、ハハハと笑いで返していた。

こうした場で王侯貴族がする話題の数など、たかが知れている。

「私は気楽に生きている身ですので、おこがましいですよ。婚姻も自由になりましたしね」

このあとに来る内容を察知していたアルウェスが先手を打つ。

ベガの、身分を確かめるような質問は、ようは結婚について聞きたいのだろう。

そうそうそれ、と貴族にしては珍しく何も隠そうとしない反応で前のめりになるベガに思うのは、シーラは裏表のない人間が多いのかという感心と心配である。

「若き天才、麗しの貴公子を国が手放すようなことをなさったとは、よほど徳をお積みになっていたのですか?」

「貴公子って歳でもないですよ」

「それでは、これからも王国内にとどまるよう約束されたとかですかな？」

しつこいなぁ、とでも思っていそうな顔で大臣からこちらに視線を移して訴えてくるアルウェスに、俺は酒を飲むのに忙しいのだと、グラスに口をつけて無言でただひたすらに二人の会話を見守る。

「外国に行く気はまだないと？」

ベガはギラギラと目を光らせている。

確かにしつこいなこれは。

「外国ですか……」

アルウェスは外国という言葉に悩む素振りを見せた。

貴族の男が国を出て外に生活の場を移す。

国にもよるが、貴族間では血筋が第一という考え方がある。

子孫を残していくという点ではまずそれが頭にくる。

しかし婚姻を国内の貴族に限定していくと血の交わりの度合いが上がり、近親婚率も上がり血が異様に濃くなってしまうため、外国の血を入れることもある。

あくまでも由緒正しい血であればよいため、外国でも貴族であれば問題はない。

なので家柄が良しとされれば嫡男(ちゃくなん)でない限りは他国に住居を移すことも珍しいことではなかった。

他国の血を入れるより血が近すぎることのほうが問題とされているのは、近い故にクライブ(いたずら)という子供が生まれてきてしまうためであり、なるべくならそれを避けたいからである。

クライブの別名は未成分児。

母親の体内から出てきたときに胎児が結晶化、また液体化していたりする現象のことをさす。

近親婚の水型と火型であれば水蒸気化して生まれてしまうという記録もあった。

詳しい原因は未だ分かっていないが、家系図をたどると血が濃い者同士のみの子供にそれが起きているということが判明したおかげで、その事例は現在は少ない。

アルウェスも生まれた直後はクライブなのではと疑われていたようだった。

「いやぁ。結婚する人は自分で決めさせてくれとお願いしただけです」

何も詮索してくれるなというアルウェスののらりくらりとした態度と表情にも大臣は構うことなく、婚約者がいないのであればシーラの女性はどうかと侯爵家や伯爵家の名前をつらつら挙げだした。

社交界では日常茶飯事である会話だがこうも自分の前でその話をされると、遠回しに俺に早く身を固めろと言われているような気がしてならなくなる。

単なる被害妄想だと理解しているが、チラチラとこちらに視線をやってくる大臣には、さすがにこっちを向くなと言いたい気分にもなるだろう。

ただでさえ自国の宰相や大臣にまでせっつかれているというのに。

「おや、ではうちの娘はどうですか。器量はどこのご令嬢にも劣りませんよ。――本日の主役、カーロラ王女には敵(かな)いませんが」

ベガはそう呟くと、船上の中心で輝く純白の花嫁に目を向ける。

俺たちも今回の主役である女性へと視線を注いだ。

アルウェスは眩しいものを見るように微笑みを湛え、シーラ王国の大臣の言葉にうなずいていた。

「ええ、ごもっともです」

アーランド記、三六六九年。

シーラ王国第四王女であるカーロラの結婚式は、今日この日、コックイル海域を目指したこの船、セイレ・ウィリク号の上で執り行われていた。

今回の結婚式は大陸の危機が去ってから最初のめでたい式典だとして、近隣諸国及び内陸部含め各国が海の国への感謝と挨拶回りも兼ね、船で大陸海域を横断するのが目的でもあった。

本国では国民の祝福のもと昨日正式な儀式を済ませているので、船では略式になり、乗船している者に国王はおらず、シーラでの式典に参加していなかった王子王女、宰相や外務大臣といった次世代を担うであろう人間ばかりが集まっていた。

カーロラの結婚式に参列するとともに、まだ見ぬ海の支配者セレスティアル王との交流を期待している為である。

その中でも唯一の交流手段を持つセレイナ王国がシーラと海の国の仲介に入り、明日の昼に海の上で対面することが約束されていたのだった。

「明日が楽しみですなぁ。待ち遠しい。……待ち遠しすぎて私のところの宰相は樽の中で寝ておりますよ」

「まぁ暇だからな」

「夜のパーティーには起きてくるかとは思いますがね」

今日はまだその日ではないため、みな一様に思い思いの時間を過ごしている。

豪華客船とはいうが、船という限られた空間に詰めこまれている中では鬱憤を溜める者も多く、樽部屋と呼ばれる個室で休む人間はあとをたたなかった。

酒樽となんらかわりない小さな樽の中はひとたび足を踏み入れれば広い部屋になり、船旅には便利な魔道具となっている。

共に船へ乗っていたミスリナも船上での式が終わると、帆の下に大量に並んでいる樽の中へと入ってしまった。

「アルウェス、すまなかった」

「?」

「お前、ギリギリまで期待していたろう」

「ギリギリまで？　おや何の話です？」

俺がアルウェスへ向けた言葉にベガが反応するも、当の本人はどこ吹く風という表情で何の話だかさっぱりだと大臣と顔を見合わせていた。

アルウェスのパートナーにと誘ったナナリーは、二か月前に断りの手紙を送ってきていた。

本当はパートナーというのはただのこじつけで、ナナリーを呼ばずとも本来はアルウェス一人でも支障はなかった。

二人の今後を思えばこういう形で内外に知らしめていくのも良いだろうと思っていたのだが、それは浅はかな考えだったと言える。

彼女は市井の人間だ。

手紙では自ら「平民の私が殿下と手紙を交わすこと自体……」と身分の差を感じて半ば遠慮していた節がある。

それでも同年代の貴族子女よりは親しみのある仲だ。

仕事が理由で断ったのも嘘ではないだろう。

だが気兼ねないとはいえ、そんな彼女をこの中に引きずりこもうとしていたのは早まった考えだったと、ナナリーからの手紙を読んで反省していた。

「ゼノン！　アルウェス～！」

「やぁベラ」

シーラ本国での式典には出ず途中セレイナの港から乗船したセレイナ王国の王女ベラが、護衛を一名伴い花を振りまくような笑顔でやってきた。

他国の王女の結婚式に出席するのは初めてだったのか、ああ本当にさっきのカーロラ王女綺麗だったわ感動しちゃう良いなぁ素敵、と惚れ惚れしている様子だった。

俺自身も他の王族の結婚式に出席することは滅多にない。

大抵は国王と王妃か王太子夫妻が出るものだからだ。

感動しているベラの気持ちはよくわかる。

カーロラの事情（臣下を好きになるが諦めようとしていた）を知っている側としてはなおのことだ。

「会えて嬉しいわ。シーラ外務大臣も、カーロラ王女のご結婚、おめでとう」

「覚えてくださっていたとは光栄にございます」

「こんな素敵なおじさまを忘れるわけないじゃない」

輝く顔容（かんばせ）は南国一の宝とも称えられるベラの屈託のない笑顔を受けて、シーラ外務大臣ルイス・ベガの頬はうっすらと赤くなっていた。

良い年をした男が美女に手玉に取られている姿に情けなさを感じつつ、そんな大臣の別の一面を見た俺は男としての親近感を覚えクスリと笑う。

「ねぇねぇ、ゼノンは調子が悪いの？」

「船酔いなんだ」

初めて船という物に乗り、乗馬に飛行に何でもこなせる比較的肉体強者だと自負していたのもつかの間、今日改めて判明したのは自分が船酔いしやすい体質だということだった。

酔いに効く薬を処方されているので今は幾分か気分がいいが、効果が切れた時の具合を想像するとげんなりする。

「ええ！　大変じゃない！　待ってて私が看病してあげるわ」

心配だと言い俺の腕にピタリと張り付くベラは、もしや殿下を狙ってます？　などというアルウェスの言葉に動きを止めてこちらを見上げた。

頭一つ分小さい彼女の丸い瞳は相変わらず綺麗で真っすぐだった。

「私の王子様にピッタリなんだもの、お父様におススメしようと思うの。貴方はデグネアに忙しいみたいだし？」

舌をチラと出してベラはアルウェスをにらみ返していた。

きっと今俺は当て馬にされている。

船に乗っているのは大勢の各国の王族貴族であり、その中にはヴェスタヌの重鎮もいる。

朝からデグネアに歩み寄られ絡みに絡まれていたアルウェスを見て、二人はそういう仲なのかと思う人間も多少はいたかもしれない。

他の女性に悪質な嫌がらせをしたり彼自身に厭らしい媚びを売っているというならともかく、彼女に関しては素直に好意を持って近づかれ話しかけられているだけなので、元来女性に甘いアルウェスには中々対処し難い人物だった。

ヴェスタヌの兄王子もいるというのに、彼はいいぞもっとやれという顔をしているからまた厄介なことだ。

距離感を間違えないようにとアルウェスも何度か注意をしているが、それが彼女の心に響いているのかはわからない。

だがやはり周りからはそう見えているのかと、アルウェスは困り顔でベラに首を振った。

「良い友人だよ」

「ふん。その衣装も、いったい誰のお色なのかしら？　そんな態度をとっていたら、いつか貴方の大事な方はどこかへ行ってしまうわね。そうして私はゼノンをこの手に」

掴まれた腕がより締め付けられた。

鍛えているはずなのだが骨が軋んで痛い。何故だ。

「そんなこと私がゆるしません！」

後ろにある山積みの樽の方から、甲高い女性の声がした。

そこに視線を向けたベラは、見えた物にフフとにこやかに笑い扇子で扇ぎだす。

「あっらぁミスリナ？　貴女ちょっと肥えまして？」

「なんってことを言うのかしらこの方!?　貴女ねぇ、お兄様たちに散々色目使っていたの知ってるんですからね！」

樽の中から腕と顔を出したミスリナが、烈火の如く怒りをあらわにしていた。

そんな表情とは裏腹に、よいしょ、と両手でドレスの裾を持ち上げ樽のふちから足を床につけようともがいている。

危ないからとアルウェスが手を貸せば、素直にその手を握って「ありがとう」と言い、そして次にはベラへ睨みを利かせるのだった。

ミスリナとベラ、この二人は以前から仲が悪い。

犬も食わない喧嘩ばかりしており、ミスリナにとってベラは交流の機会があり食事を共にすることはあれどその場にいる兄たちをいつも取っていってしまう泥棒女だという認識で（式に来る前にそう妹に訴えられた）、対するベラはそんな良い男たちに囲まれているミスリナが羨ましくてつい意地悪をしてしまうという（前の食事会でこれも言われた）、誰が見ても子供の喧嘩に近いものである。

兄妹（きょうだい）揃って行儀関係なく騒げる友人が多いというのは俺たち王族の気質なのか。

「貴女ほど気の合わない女性はいなくてよ」

「私が言いたいくらいだわ」

その台詞を聞く限り気が合うような気がしてならないのだが余計なことは言うまい。

「只今より人命の救助に入りますので、一度ここで停船いたします！」

突如、セイレ・ウィリク号の船長である男が甲板に現れた。

外に出ている者たちはいったい何事かと騒がしくなる。

慌ただしく船尾から船首へ駆けていく婦人や、柵から海を見下ろそうと乗り出して覗いている者が多数いた。

「何があったの？」

「観光客の小舟に当たったようだ。投げ出された人間が海面に浮いているとか」

ミスリナの疑問の声に、離れた場所にいた筈のヴェスタヌ王国第一王子コック・ジオル・ヴェスタヌが、こちらの輪にするりと入り込み船先を指差した。

「それより、デグネアが君を探していたぞ？」

美しい白髪を見せつけるように靡（なび）かせ、コックはニヤリとアルウェスに声をかける。

こちらが避けていたのを知っていてのことか、目敏（めざと）い男だ。

「貴方は人が悪いわ」

ミスリナは第四の兄と言っても過言ではないアルウェスに変な虫をつけようとしているコックもまた嫌いなようだった。

だが本人に悪びれる様子はない。

「それにしても何故王太子ではなくゼノンが船にいるんだい？」

アルウェスから満足のいく反応が返ってこなかったからか（無視されていた）、標的を俺に移して話題を変えてきた。

それなりに外交を意識して接してはいるものの、自分にも得手不得手があり、面には出さないが苦手な人間もいる。

率直に言えばこの男だ。

性格が更にひねくれた性悪版アルウェスのような奴である。

「兄は都合がつかなかった。父にはお前が行けと」

「だがここにいるのは次の権力者や未来を担う人間だぞ。もしやドーラン王は君を」

不躾な男だ。

彼が言わんとすることに異議を唱えようと口を開いたとき、船首のほうが騒がしくなった。

『何と美しい……』

『これはこれは、肌が宝石のように光り輝いているのは錯覚でしょうか』

『人魚の肌は日に当たると波間のように麗しく輝くと聞くわ』

『だが彼女には足があるぞ』

『こちらの男性は普通ね』

『皆さまお下がりください。万が一のこともありますので』

そんな声が聞こえる。

救助されたの人間を囲むにしても異様な雰囲気に俺たちは首を傾げた。

救助された観光客が二人の男女だということは、流れてくる外国語の会話を聞いて分かった。

ミスリナとベラは興味がおさえられないのか野次馬のごとく船首の方へ進んで行くと、それにコックとベガも追随していった。

いったい遭難者を見てどうしたいのか。

野次馬の心は解りかねる。

「まぁ！　この方って」

しばらくしてミスリナの声が響いた。

この方？

普段はそういう所へ自らは行かない質（たち）なのだが、ミスリナの声が気になり、アルウェスと共に船首へ足を向け群集の中へ歩みを進める。

開けた場所に出ると、人々の視線が向かう遭難者の男女の姿が目に入った。

俺は思わず目を見張った。

「あれは」

そしてこれまたいつもは何があろうと動じないアルウェスも、周りと同じように目を見張っていた。

「う……っ、ん……」

大勢の人間に囲まれ、その中心にぐったりと横たわっていた女性は閉じていた目蓋を険しく動かしている。

日中の今、気温は高い筈だが寒さに震えているようにも見えた。

「お嬢さん、お嬢さん」

意識が戻る気配を感じた副船長の男が彼女の肩を叩く。

海水に濡れた女性の真白い肌は、太陽の光にあたりまゆばい輝きを放っていた。

薄らと七色に光る、魚の鱗とも見紛う煌めき。

およそ常人ではないその異質な肌の美しさは、見ている者の視線を奪っていた。

むき出しになっているか細い腕と、女性が着ている白いセレイナ衣装特有の臍が覗く露出過多な服装が、目にした人間をより一層惑わせている。

同じ遭難者であろう男のほうには誰も目もくれない。

「彼女は……どこかの姫君だろうか」

横ではコックが瞳を輝かせ見入っていた。

宝石がちりばめられているとでもいうのか、生きた宝石があるとしたならば彼女のことを意味するのであろうと、興奮覚めやらぬ様子で固唾を飲んでいた。

「ん……」

女性は長いまつ毛を揺らし、薄く瞬きをしている。

意識が戻ったのか、抱き起こした彼女と視線が交わったであろう副船長の男の頬には、ほんのり赤みが差していた。

「お嬢さん、お嬢さ……ま？　ご、ご気分は」

副船長のカスケイドという男は目に見えて狼狽えていた。

翠の潤んだ瞳。

赤みの戻った頬。

薄桃色のふっくらとした唇。

晴れた空より澄んだ、水色の長い濡れ髪。

息が当たるほど近づいた距離に、彼は周囲の目も忘れて吸い込まれるように唇を寄せていく。

まずいことになった。

「おいアルウェス」

名前を呼び隣にいる男に目をやれば、わずかに顔をしかめていた。

俺の視線に気づいたアルウェスはこちらを横目で見る素振りを見せると、口角を上げて笑顔を作る。

後ろ手に指を振りだしているが、静止か何かの魔法でもあの男にかけるつもりなのだろう。

「わたし、なんで」

渦中の人物、目の前に迫る男を気にすることなく小さく何かをつぶやいている彼女は、自分を囲んでいる群衆に向けて目を丸くしていた。

自分の置かれている状況を飲み込めていないのだろう。

そしてこちらを見ると、途端大きく口を開いた。

「――んいやぁぁっ、ロックマン！」

先程までのしおらしげな姿を感じさせぬ、副船長の男も吃驚するほどの、開口一番怪物を見たかのような雄叫びを上げる女性、自身と友人と深く関わりを持つ彼女。

ここにはいないはずの人物、ナナリー・ペルセポネ・ヘル。

「まったく……」

「これだから……」

いつかアルウェスに聞いたことがある。

好きになった理由は何かと。


『凄く笑えるんだよね。突拍子もないというか』


我ながら何故こんなことを今思い出すのだろう。

アルウェスと視線を交わす。

俺たちは彼女を襲おうとしていた災害――副船長の男が身を引いたのを感じつつ、次には大袈裟

すぎるほどの大きなため息を二人揃って吐いた。

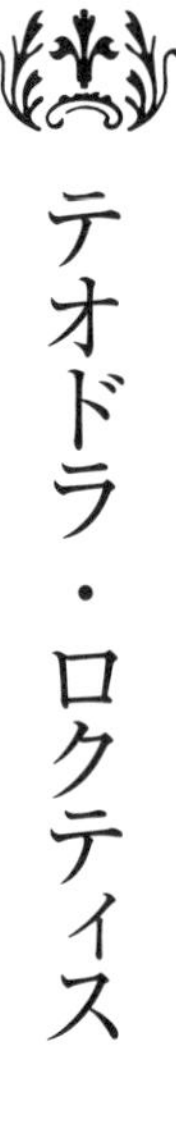

テオドラ・ロクティス

私はグロウブ・ダルベスプの顔を一日たりとも見たくない。

寮の最上階、一番右奥の部屋。

朝日に照らされた寝台の上で、私は今日の業務を嘆いた。

瞳を閉じれば、あの日のことが走馬灯のように蘇る。

いっそのこと本当に走馬灯になって、私もあっちへ行けたらといつも思う。

＊＊＊＊

——どうして、どうしてこんなことになってしまったのだろう。

「目を開けてよ、ねぇ、エルーヴ」

皮膚が焦げ落ち、腕の中で人かも分からないような状態の男を抱く。

目を開けないことくらい分かっている。

それでも心から愛した男を簡単に放すことも、どうなっているかなんて考えてしまうこともしたくはなかった。

涙がぽたぽたと黒い塊に落ちていく。

それが黒い塊に伝うことはなく、そこに吸収されていく。

「決して許して、やるものですか」

音が鳴るほど強く歯をくいしばり、灰色に染まる空を見上げた。

いまだ誰の犯行なのかも分からない『黒天馬殺し』。

その始まりは、いつだっただろうか。

＊　＊　＊　＊

アーランド期三六五四年。

「やぁテオドラ」

「今日も魔物の数調べ？」

「最近また多くなってきたんだよ」

受付の席に座っていれば、魔導所の扉の鈴をカランと鳴らして騎士の男が入ってくる。

カツカツと靴音を響かせながら受付にきた男は、書類を貰おうと片手を私に差し出し用件を伝える。

彼はドーラン王国騎士団の団長を務めるエルーヴ・ダルベスプ。

最近は国内外での功績を称えられ、貴族身分の末端ではあるが正式に騎士号を与えられることになっているらしい。騎士は職務上そのような名前で呼ばれることが多いが、本物の騎士の称号を与えられている人間は数少ない。

そして二十二歳と、若くして団長になった彼は異例な存在である。

「夜空いてる？」

「夜？　夕食後なら空いてるわ」

「そうじゃなくて。鈍感さん」

受付のテーブルに手をのせて、エルーヴは私の顔を覗きこむ。

「一緒にご飯でも行かないか」

「え、あっ、そ——行く……行くわよ！」

頬がほのかに熱くなったのがわかる。

他人から見てもわかってしまうくらいのそれを隠したくて、思わず両手で頬を覆った。

こんなことをさらっと何でもないことのように言うなんて、そういうのに慣れてるのね、なんて嫌味たらしいことを考えてしまうくらいには恥ずかしかった。

彼、エルーヴ・ダルベスプとは魔法学校時代も共に同じ教室で学び、もっと言えば隣近所にお互い住んでいる幼少の頃からのいわゆる幼馴染であり、遊んだ回数は確実に百を超える。

人生の半分以上を一緒に過ごした仲だ。

エルーヴには双子の弟、グロウブという小生意気な男がいるのだが、そっちとはあまり話したことはない。気が合うのがエルーヴのほうだったからかもしれない。

そんな私は、何を隠そうエルーヴのことが好きだった。

恋愛の意味での好き、である。

幼い頃から友人として接してきたが、魔法学校時代からそれは徐々に難しくなってきていた。同じくらいの背丈だったはずなのに、女性でも高身長にあたる私の背をいつのまにかぐんと抜かし、透き通るような高い声もいつからか低く響くようになって、女の子のような可愛らしい顔も勇ましく、大きな目はいつの間にか切れ長のきりりとした鋭い目つきになり、つまりそう、男性、になってしまっていた。

移動教室のときに転びそうになった私の腰を、その大きな手でぐいと引き寄せて「大丈夫？」なんて顔を覗きこまれたときから、心臓がドキドキし過ぎて破裂しないか心配してしまうほど彼に恋をしてしまっている。

卒業してからもその友人としての距離が変わることはなく、彼は騎士団に、私は魔導所にと別々の場所で働くことにはなったが、疎遠になることはなかった。

幸い仕事上の付き合いで魔導所と騎士団は交流があったので、働き出したら以前のように会えなくなるという心配はすぐに消え去る。仕事に私情を持ち込んではいけないと思うものの、彼がハーレの扉を叩く度に私は今日は何を話そうか、最近はどうだとか天気の話はベタだろうかなど余計なことばかり考えてしまっていた。

「考えていることが丸見えだぞ」

「な、何にも考えてないわよ」

「ここに押印してくれ。そのだらけた顔を引き締めて」

夕飯に思いを馳せていた私を現実に戻すかのように、別の騎士の男が私に紙を見せてくる。

エルーヴと瓜二つと言ってもいいくらい、全く同じ顔がそこにはある。違うのは髪型くらいだった。エルーヴは肩まで伸びているが、こっちはうなじまでの短髪。顔にはこの間魔物につけられたらしい傷が痛々しい。

彼はグロウブ・ダルベスプ。

エルーヴ・ダルベスプの弟だ。

ため息をつく彼にだらけた顔なんてしてないと言えば、誰が見てもお前が誰を好きなのかが一目瞭然だぞ、と返されてしまい口をつぐむ。

仕事柄、最近はよくグロウブとも話している。

友人の弟という感覚から、友人？　と言えるような言えないような微妙な関係性の進展だった。

考えてみれば彼も幼馴染なので今さら感は否めない。

「末永く団長をよろしくね、ロクティスさん」

「あ、アルケス副団長さんまで何を言ってるんですか！」

「だってうちの団長を貰ってくれるんだろう？」

「～っからかわないでください！」

――カラン。

魔導所の扉が開く。

いけない、仕事中だったと慌てて前へ向きなおると、入ってきた破魔士が焦ったように指先を外に向けて口を開いた。

「まただ！　魔法陣にひっかかった騎士が！」

「なに⁉」

「あのままじゃあ、また死んじまうよ！」

騎士の何人かがそれを聞いて魔導所を飛び出した。

魔法陣にひっかかった騎士。

それはここのところ起きている事件と全く同じ状況だった。

「これで何件目になる……」

「五件目です」

どれも騎士を標的にしているのか、魔法陣の中に騎士の人間を閉じ込め、その中で息絶えるまでいたぶられ続ける。外側から陣を解くことはできず、過去四件の被害者は全員死亡している。

魔法陣は地面や紙に手書きで直接描かなければ魔法にもならず発動することもない。それなりに時間と労力が必要な魔法なので、街なかで描いていたら気づきそうなものなのだが、目撃情報はおろか記憶探知にも犯人が映ることはなかった。

「いったい誰の仕業だ！　人の命をもてあそぶようなことしやがって‼」

グロウブが床を蹴る。

現場の地面には毎回残されている言葉があった。

『黒い天馬、お前たちに血はいらない。骨の髄まで真白くあれ。真白くなれば黒く朽ち、その名に恥じぬ天の馬となれるだろう』


上から目線のようなその言葉。

何か騎士に恨みでもあるのだろうか。

天井に魔法陣が浮かびあがると、そこから一枚の丸められた紙が落ちてくる。

エルーヴはそれを手にすると広げて中身を確認した。

「東のほうでも魔法陣の情報が入った。……なに？」

「どうした？」

「今度は民間人も巻き添えを食らったらしい」

急いで行くぞとエルーヴをはじめとした騎士たちは魔導所から出る。

「私も、私も行きます」

「テオドラ？」

「おい、部外者は駄目だ」

顔をしかめたグロウブに釘をさされる。

民間人も巻き添えになっているという状況は相当な被害を受けていると言ってもいい。

これまで四人の騎士が魔法陣に捕まり命を落としているというのに、ここにきて民間人を巻き込み、大きく出てきたのは何か仕掛けてくるつもりなのかもしれない。

魔法の腕だけは絶対の自信がある。

職務を放棄してでも、大切な人の手助けがしたい。

勝手で独りよがりな我が儘を言っていることは重々理解していた。

けれどそれを受け入れるエルーヴではなかった。

もちろん彼が自分より有能な魔法使いだということは百も承知である。

彼が強いのはわかっている。でもそれに対し、身体が震えるほどの胸騒ぎをこんなに感じたことはなかった。

受付の席から立った私の肩を、エルーヴが両手で鎮めるようにおさえた。

「君がここにいれば、俺は必ずこの場所に戻る。約束だ」

「でも何人も殺されてるのに黙って座ってなんか」

「そうだな、夕飯は何を食べるか考えておいてね」

そう言って彼は私に手を振った。

何を呑気に、夕飯のことなんて考えている場合じゃないのに。

彼なりにいつも通りの振る舞いをしたのだろう。

いつも通りに送り出したら、いつも通りに帰ってくるだろうか。

意図するところは分からないが、半ば願掛けのような形で私もいつも通りに頑張ってきてねと手を振った。

「ロクティスさん、団長が……」

夕方に差し掛かる頃、顔見知りの騎士が受付に来た。

筆を持つ手を止めて、宙を仰いだ。

＊＊＊＊

魔導所の仲間に行ってこいと促され、使い魔に乗って街の中心まで急いだ。

風に頬を切られても止まることなく、一秒でも早く着かなければと必死になる。

「おかあさん！　うわぁぁん！」

「大丈夫、大丈夫よ」

街の市場に行くと倒れている人や泣いている子供がいる場所に出た。隊服を着た騎士もいたので近くにいるはずだと探す。

すると、遠目にもひと際人が集まっている箇所があったので近づいていく。

一般人も騎士も入り乱れた集団の中をかき分けるように進んでいけば、グロウブの姿を見つけることができた。

しかし急いで声をかけようとした矢先、彼の視線の先にあるものを見て声が出なくなった。

「デルドラットだ」

騎士の誰かがそう呟いたのが聞こえた。

デルドラットとは通称『仕掛け返し』と言われる罠だ。

魔法陣には罠用に作られたものがたくさんある。そして中には罠に罠を施すというものもあり、罠を外そうとしたり手を加えようとすると発動してしまうものがある。

それがデルドラットと言われる陣の形態だった。

「魔法陣の文字を書き換えた際に、別の魔法陣が発動したんだ。文字が逆になって別の文字に変わった」

近くに来た私に気づいたグロウブが、視線を動かさぬままそう話す。

魔法陣に捕らわれた民間人を救うには中に一人が入り、魔法陣を書き換える必要があったのだという。中心にある三日月の絵を反転する形に書き換え、脇の文字も同様に逆さにするという作業を誰かがこなさなければならなかった。陣の形態を変えること自体は成功し、民間人十数人は無事に陣の外に出ることができたが、中心にいたエルーヴは何故か陣の結界の中に閉じ込められていた。

人一人分の面積しかない小さな魔法陣だった。

「ねぇ、何の魔法陣になったの」

「いや」

「――いったい何の魔法陣になったのよ！　教えなさい！」

グロウブの襟元を引っ張り顔を近づける。

力いっぱい握り締めた私の拳に、グロウブはそっと手をかけた。

「極刑の陣だ」

ひゅ、と喉が鳴る。

何故その名前の陣が、こんな街の中に。

「罪人に対して使われるものであり、そこから逃れられる者は一人もいない」

発動したら最後、術が終わるまで魔法陣は消えない。

「エルーヴはそれを承知で入った」

淡々と話すグロウブの首もとから手を離し、後ろに退（しりぞ）きながら距離を取る。

「エルーヴ、エルーヴ」

よろよろと彼が捕らわれている魔法陣の近くに行き、すがるように手を伸ばした。

『ああテオドラ、夕飯は考えてくれた？』

「夕飯じゃないっ、あんな約束で私を縛りつけたつもりなの⁉　馬鹿にしないで！」

髪をかきあげ瞳を細めて笑うエルーヴに怒鳴る。

私がここにいたらきっと命に代えてでも彼を中に入らせなかった。彼が行くなら自分が行っていた。

けれど他の騎士たちもそう思わなかったわけではないことは分かる。

アルケス副団長の握られた拳からは血がぽたぽたと指をつたい垂れていた。彼も我慢ならないのだ。その拳を握り必死に耐えている。

それでもエルーヴがこの陣の中にいるのは、頑固でけして譲ることをしなかった彼が部下が止めるより先に中へと入っていった結果であろうことは容易に想像できた。

しかしそれでも、何で、という言葉しか浮かばない。

何で彼が入らなければならなかったのか。


『君がここにいれば、俺は必ずこの場所に戻る。約束だ』

『夕飯は何を食べるか考えておいてね』


あんな所で大人しく待っているんじゃなかった。

約束なんて破ってしまえばよかった。

嫌がられても迷惑をかけても、追いかけて行けばよかったのに。

「何か、何か方法があるはずよ」

「テオドラ」

「そうだわ地面に描かれているなら地面ごと崩せばいい」

「ロクティスさん」

「形をなくせば解けるかもしれないわ」

「テオドラ、」

「手伝ってよ!!」

地面に手をつけたまま、私はまわりの騎士を睨んだ。

「揃いも揃ってあきらめてんじゃないわよ‼」

最後まで抗うことを諦めないで欲しかった。

無理だとわかっていても。

救うことが絶望的でも、まだ生きている本人を目の前にして冷静ではいられない私は、長年の経験を積み重ねている騎士たちが全く動かないという事実が意味することを理解できなかった。

「貴方たちの団長が目の前で殺されそうになってるのに、大人しく見てないでよ‼」

そう叫んだ瞬間、エルーヴを捕らえる魔法陣の中でバチ、と白い光が走った。

それを皮切りに徐々にバチバチと音を立て、結界の中で光が乱射しだす。

「う、ぇ」

私たちが目にしたのは想像を絶するむごさの連続だった。

騎士の中には目を背け、嘔吐する人間もいた。

その状態を言葉にすることはできない。

ただ彼は電撃を一身に受け続け、肌を、肉を引き裂かれていった。

魔法陣の結界には血が飛び散り、陣の文様も見えない。

「える、ぶ」

唇が震えて、そんな言葉しかでなかった。

さっきまで人だったものがそこには転がっていて、だけど確かにそこに彼がいたのだ。

声を荒らげることは最後までせず、目を閉じて苦しみと痛みに耐えていた彼が。さっきまでそこにいたはずだった。

魔法陣の光が消えて、結界も解けたのか、付着していた血液が地面にぼたぼたと落ちた。

呆然と立ち尽くす私たちの目に次に映ったのは、不自然に動いた血液だった。

エルーヴの血液はズルズルと地面を這いながら流れ、やがて文字の形になる。


『まっくろ焦げになった。もはや炭の価値もなし』


価値が、ない。

「まだ数か所、同じ状況の魔法陣に捕らわれた民間人が！」

騎士の男が、声を震わせながらそう叫んでいる。

「エルーヴ……エルーヴ……」

私の中で、何かが弾けた。

それからの記憶はおぼろげにしかない。

「テオドラ、お前」

地面が揺れた。

身体中の魔力がぐるぐると渦を巻いて、飛び出すように解放された感覚があった。

遠くのほうで雷鳴が聞こえた。

グロウブが私に向かって何か叫んでいたが、言葉が聞こえず私はそれをただ眺めていた。

「副団長、他の魔法陣が雷に破壊され、怪我をした人間もいるようですが全員無事だそうで――」

「テオドラ！　しっかりしろ！」

「～～たから、だから」

「もういい、もういいんだ！」

　グロウブに肩を揺すられて、とんでいた意識が戻る。

　視界の焦点が合った頃には、何故かすべての魔法陣が解除されていた。ついさっき私が魔法を使い破壊したのだと皆から説明をされても、どう破壊したのか分からない。そもそもエルーヴが命を賭(と)してまで解けなかった魔法陣を、私の魔法なんかで容易(たやす)く解けるはずがないのだ。

　それにしても身体がものすごく怠(だる)い。

　全身から力が抜けた私は地面に倒れた。

＊＊＊＊

「ロクティスさん、ハーレの仕事は？」

「今日は休みなので」

　三日後。

　無理を承知で騎士団のもとを訪れ、彼らに犯人捜しの手伝いを申し入れた。

　騎士でもない人間が生意気にと思われるだろうが、先日の魔法のせいかすんなりと受け入れてくれた。ここまでくるともはや執念に近いと自分に呆れる。

それからも仕事外の時間で魔法陣の痕跡をたどり、騎士とともに記憶探知で逆探知を行い仕掛けられる前の魔法陣を潰していった結果、ひと月後には犯人と思わしき人物にたどり着いた。

街の中心からそれた所に住んでいた技工士。魔法陣を設置したのはその男だった。

何故そのようなことをしたのかと問えば、彼いわく「退屈で人生がつまらなかったから、やってもいいって言われたから」なのだと答えた。

この男が主犯格でないことはわかった。

別の人物にそそのかされてやったのだという。

だがやってもいいと言われたのでやったなど、まるで他人ごとのように考えている節がある。

主犯が誰であろうと間違いなくお前がやったことだと、極刑は免れないと言えば、今度は気が触れたように「お、俺はただやっていいって言われただけだ、退屈しのぎに神が、神がそう俺に、罰するなら神を裁け」とそう言い張る。

神を裁けるのならとっくに裁いている。

とんだ救いようのない男だった。

「こんな腐った奴に！　こんな生きてる価値もない奴に!!」

あんなに優秀な人が殺されたというのか。

こんな身勝手なやつの欲を満たすために、彼は死ななければならなかったのか。

「お前が死んでしまえ!!　勝手に一人でのたれ死ねばいいのにっ……」

犯人に飛びかかり、魔法で相手を殺してしまいそうになった私をグロウブが正面から押さえつけた。

「ごめんなテオドラ」

なおも手足を動かして襲いかかろうとしたが、骨が折れてしまいそうなほど力強く抱き締められて叶わなかった。

「こんなことを言わせてごめん」

お前にそんな言葉を吐かせてごめんな。

グロウブは耳元でそう呟くように言って、私の頭を押さえた。

＊　＊　＊　＊

「テオドラ、俺が来たのだから顔ぐらい見せたらどうだ」

穏やかな表情で笑いかけるグロウブに、私は視線をそらして悪口をたたきつける。

六年が経った頃、グロウブは騎士団長になった。元々幹部格としての素質は持っていたので時間の問題ではあったが、昇格試験に合格し見事団長の座を射止めた。試験を受けたことも合格したこともすべて彼から直接、聞いてもいないのに聞かされたので知っている。

何度突き放してもまるで聞こえていないかのように側にくるこの男の耳は、どうかしているのかもしれない。

オルキニスの件で部下であるナナリー・ヘルの身が危なかったとき、アルウェス・ロックマンという騎士団きっての優秀な魔法使いが彼女の身を守ることになったのだとグロウブから聞いた。

確かナナリーはアーノルド家の次男坊とは仲が良くないと言っていたが、そうか、そういうことになったのか、と歯痒い気持ちになった。

彼女はそれを知ったらどう思うのだろう。

自分の大切な人が、自分の知らないところで命を落としそうに、もしかしたら落としてしまうかもしれなかったということを知ってしまったら。普通でいられるだろうか。

私は結局、好きの一言も伝えられなかったから。

「どうにか無事に済んだな。一件落着だ」

「なにが一件落着よ。ほとんどあのお坊っちゃんのおかげじゃない」

「何を言うか。俺だって頑張ったんだぞ」

「どうだかねー」

そんなこと、知ってる。

攫われたアルウェス・ロックマンをいの一番に救いに行ったのはグロウブであり、負った怪我も脇腹部分が一部なくなってしまうほど大きなものだったことを、ウェルディという騎士からは聞いていた。

オルキニス女王の配下に手酷く痛めつけられたのだと。

「また調査に出るが、戻ってきたら夕飯でも行かないか?」

グロウブは笑いながら私へ問いかける。

「ふふ、冗談よしてよ」

追い払うように手を振る。


この人だけはダメなのだ。

この人だけは、絶対に。

アルウェス・ロックマンⅡ

入学初日。

気づいたときには勝負を挑んでいた。

体感的には、挨拶をしようとしたらいつのまにか口から「じゃんけんしよう」と出ていたので、言い終わって勝負がついたあとすぐに我に返る。

勝ったことで何故か相手を見返したような感情が胸に広がり、手のひらを見つめた。

自分は何をしているのだろうと。

「じゃんけんしよう」

「はぁ⁉」

目の前の少女は、幼い頃突如現れた幻の女性とは違う。

合っているのは焦げ茶色の髪の毛というところだけ。どことなく服装も似ている気はするけれど、まず年齢も全く違うのに。落ち着きもない。

『ここ、どこ？』

『私のおうちだよ』

あそこがどこだったのかはわからない。夢遊病をわずらっていたにしてはかなり色濃く記憶が残っている。それに伯爵の屋敷から勝手に出ることも当然できないわけで、ただ夢を見ていただけだと割りきれば良いわけだが、けれど夢の中に置いてきたはずの、手に握っていたあの小箱は研究所の自分に宛てがわれた部屋に転がっていて、見慣れない服も起きたら着たままだった。

伯爵が僕を起こしに来たときには『また魔力がいたずらしたのかな？』と魔法のせいでおかしな格好をしているのだと思われた。

強力な制御装置（魔具）に囲まれた状態でも魔法をが使えてしまうとは厄介だ、もっと性能の良い魔具を作らなくては。

博士は難しい顔でそう呟いていた。

自分には赤子の頃からの記憶が残っている。

今は亡き曾祖父が生まれたばかりの僕を見て、悩ましい表情で言った。

『欠陥品か。次は優秀な男子を産みなさい』

僕を見ながら母へ放たれたその言葉を、大きくなるにつれて理解していった。

いや、一、二歳頃には分かっていたのかもしれない。

周りの大人がそれを僕の目の前で口にするたびに顔をしかめる。

良いことを言われているとは思わなかった。

欠陥品の意味は分からないから、大人たちの表情で僕は怒られているのだと思った。

けれど伯爵と本家の使用人が僕に向かいそれを口にしたことはない。ただそれ以上に、かわいい坊やと、大人たちはみな頬を赤くして頭を撫でてくれた。だから愛されていなかった幼少期を送ったという覚えはなく、それなりに愛情は受けていたと思う。ただ嬉しい悲しいといった感情を表に出すと大人たちが慌てて騒動になることを身に染みて理解していたので、笑い返したりすることはなかった。

金属の杖、蝋の人形、腐りかけた大木の一部、赤い宝石、緑の大きな石、分厚い辞書、木製の時計。玩具のように部屋に散らばる道具は、みんな魔具だった。

それに触ると身体の中心から力が抜けて楽になる。

周りのものは壊れないし、部屋の中では何も気にしないで過ごせた。

部屋に入ってこられる大人もアリスト博士だけなので、彼にはよく笑っていたと思う。

『あんたは将来、すっごい魔法使いになる』

幼いながらも魔具で遊んでいて時々思い出すことがあった。

あれはいったいなんだったのかと。

あの女の人と手を繋いでいる間は、この魔具のように僕の力を吸いとってくれているのかと思うくらい身体が楽になっていた。食べたことのないお菓子。味も覚えている。

あれが夢でなければ、本当に自分はどこかへ飛んだのだと思った。魔法で散々痛い目にあってきた。そういうことがあっても不思議じゃない。

ならあのナイジェリーという人は誰なんだろう。どこにいて、何をしているんだろう。会いたいなぁなんて、魔具に触れるたびに思い出した。

知らない景色を沢山見た。

初めてお菓子を作る工程を見た。

あんなに自信に溢れた表情で、まるで自分のことのように、僕へ凄い魔法使いになるのだと言ってくれた。誰にも言われたことがなかったから、驚いた。

ずっと笑っていた。

僕も笑えた。

ずっと一緒にいられたら良いのに。

けれど女の人は一緒にいられないと言った。

現実的な言葉で返される。

子供だからといって出来もしない約束はしない人。

『もしこの蓋を開けないで持ち続けていたら、きっともしかしたら、嫌でも顔を合わせることはあると思うし、会ったら会ったで喧嘩もしょっちゅうする、腕を凍らされることもあるだろうし、私の髪を燃やすこともあるだろうけど、でも絶対に凍らないし燃え尽きない、何年も何十年も、よぼよぼの老爺(ろうや)になるまで、ずっと喧嘩でもして。いつのまにか、一緒に歳を取っていくのよ』

『兄弟でも友達でもない、恋人でもない、でもあんたと私はずっと繋がり続けるの。そしたらちょっとは寂しくなくなるでしょ？　私の箱、あんたにあげるから。泣くんじゃない』

兄弟でも友達でも、家族でも恋人でもない、隣の席の女の子。

一日のうちの三分の一、その時間しか顔を合わせない人間。

時間で言えばゼノン王子や貴族の子たちのほうが一緒にいる時間は長い。

「勝負よ！」

隣にいるこの負けず嫌いな少女は突っかかってくる。まるでずっとずっと喧嘩しているみたいだ。

ずっと隣にいるのもうっとうしくて、面倒である。

『喧嘩もしょっちゅうする』

この子はあの女の人じゃない。

喧嘩したって無駄だし、喧嘩をしたところでこのナナリー・ヘルという人間に体力を消耗させられるだけ。

それでもその瞳が、強気な表情が、揺れる髪が、僕の身体を動かす。

今思えば願掛けに近い感情があったのかもしれない。

＊＊＊＊

馬が合わない人間は少なからずいる。隣の席になったのは運が悪かっただけで、最初の接触の仕方がすこぶる悪かったせいか口喧嘩も絶えない。

だから髪色が変わってても放っておけば良かった。魔力のことで苦労すればいい。しばらく経てば身体から溢れ出す魔力が癇癪を起こし、周りをその渦に巻き込み荒らすだろう。

かわいそうに。

そう思っていたのに、寂しげな背中で教室を出る彼女ばかりを想像してしまった。

別室で隔離されるナナリー・ヘルを脳裏に描いた。

放っておけばいい。

なのに、恐怖を感じてしまった。昔の自分と重なる姿を、他人であれ二度と見たくはなかったのだろう。余分な魔力を抜けるように物理的にも手を出すようになったが、けれどけして彼女のためなんかじゃない。腹を殴って彼女のため、だなんて恩きせがましいにもほどがある。

純粋に、思ったのだ。

もし自分が萎縮せずに伸び伸びと、制御されない空間で笑える人生を送れていたらと。

見過ごしてこの女の子から笑顔が消えるようなことがあれば、僕は僕を許せない気がした。

＊＊＊＊

同学年の生徒より四歳年上の僕は、四歳年下の彼等には勉学でも魔法でも負けは許されない。

そのために常に一番を取り続けた。

けれど厄介なことに隣のナナリー・ヘルはまたもや僕に恐怖を与えてくる。

常に二位でいる彼女がいつ僕の背中に噛みついて追い抜かしていってしまうのか分からない。どんなに引きはなそうとしても近づいてくる、勝利への執念深さ。隣の席というのも精神的に圧迫されていた。わずらわしい。

貪欲に魔法を学び、吸収し、誰にも追いつかれない程の知力と魔力を自分の物にする。バケモノと呼ばれても、欠陥品なら、欠陥を補うのではなく欠陥部分を磨けば良い。そこを磨けば他にはない完璧なものになる。おかげで自分は随分楽になった。

他人との意思疎通に関してはゼノン王子との交流の中で学んでいった。しかし彼は真っ直ぐに自分の気持ちを言葉にする性質(たち)なので、逆に捻くれた思考を僕が持ってしまったのは何故なのかと父から苦笑ぎみに言われた。それは自分でもわからない。

母のように柔らかな香りを纏った女の子たちは好きだ。だから無下にはしないし、優しくするのは相手が笑顔になるから。それに可愛い。無理に彼女たちのご機嫌取りをしているわけじゃない。

じゃあこの女の子は？

しかめ面を見せる水色髪の女の子。

言葉は魔法だと、僕は思う。

耳に入ればそれは脳を支配し、身体を拘束する。

無意識に、あのナイジェリーという女の人の言う通りの自分になってきていた。

『あんたは将来、すっごい魔法使いになるよ！　私が保証する！』

『でも』

『私より、誰よりも、すっごい魔法いっぱい使って、そんでもって女の子にもモッテモテになるんだから！』

凄い魔法使いになって、女の子にもモテモテになれば。また会えるかもしれない。

そして今度こそ手遊びで勝って、ずっと一緒にいてもらう。

そんな馬鹿みたいな考えがいつまでも消えない。

言う通りになったからと言って、また彼女に会えるわけではないのに。

大概自分は愚か者だと、もう一人の僕が囁いた。

学生生活、最後のパーティー。

魔力を自分の力に変えてきたヘルに魔法を使うことはなくなった。

それ自体は良いことで僕の役目も終わったというのに、彼女との言葉での攻防は尽きることがなかった。まともに会話した場面は少なく、覚えてはいるけれど思い出すのも面倒になる。

パーティーは退屈じゃない。

たくさんの女の子と触れ合い、ダンスができる。ただ、特別な人を決めてしまうと自分も周りも苦しくなるのは分かっているから、この人だとパートナーを決めることはない。

ナナリー・ヘルは遅れて会場へとやって来た。

学びや勝負事での行動力は凄まじいくせに、たまに鈍臭いところがある。同じ部屋だという他の子はとっくに会場へ着いているというのに。

淡い碧（あお）のドレスを身に纏うヘルを目にした会場の男たちは、一瞬で彼女に釘付けとなった。

普段の私服からして肩など出さないヘルの貴重な姿と、ほんの少しの色気にあてられて、自分のパートナーから目を離している何人かの男は、女の子たちから叩かれていた。

けれど、いつも通りだと思った。

特別騒がれるような劇的な変化は見た目になく、隣にいるマリスのほうがいつもより数倍魅力的になっている。着飾ったヘルに目を奪われる男爵の息子には、目を奪われている暇があるならダンスに誘えと助言をしたくなった。

パーティーの終盤。

最後にまわってきた教師の出し物は、僕を透明にするというものだった。ボードンという教師に僕は相当苦手意識を持たれていた自覚はあるが、それでもしつこくこの教師は僕に関わってくる。特にヘルとの喧嘩になれば基本放っておかれることも多いが、体当たりで止められたこともあった。他の生徒同様本気で怒られることもある。

そんな教師にはお節介すぎる気質があることも六年の間に学んではいたけれど、ここでどうしてわざわざ外の庭に出ていたヘルの許へ僕を送るのか。おかしな魔法を使われたのは分かる。そもそも透明にもなっていない。精神的、心理的な物を織り混ぜた魔法だ。

噴水に腰をかけていたヘルが振り返る。

ああ言えばこう言う。こんな場所でもまた始まった言葉での攻防に、なんだか笑えてしまった。

碧のドレスが夜空の月明かりに照らされて淡く光る。

そう、彼女はいつも通りだ。

ずっと思ってたよ。

「美しき氷の魔女よ、私と踊っていただけますか」

着飾った姿も普段の姿も、僕の目には同じに見えていた。

アリアンローズ新シリーズ
大好評発売中!!

アリアンローズ新シリーズ
大好評発売中!!

事故で命を落とし、二度目の人生を歩む悪役令嬢・チェルシー。前世で縁のなかった「ヤンデレ」要素を駆使し、最愛の男性の心を射止めようと奮起！　幸い恋路を応援してくれる仲間も多いけど……もしかして私、本物のヤンデレになってない!?

二周目の悪役令嬢は、
マイルドヤンデレに切り替えていく

著：羽瀬川ルフレ　イラスト：くろでこ

アリアンローズ新シリーズ
大好評発売中!!

アリアンローズ既刊好評発売中!!

最新刊行作品

伯爵家を守るためにとりあえず婚約しました
著／しののめめい　イラスト／春が野かおる

王立騎士団の花形職①
～転移先で授かったのは、聖獣に愛される規格外な魔力と供給スキルでした～
著／眼鏡ぐま　イラスト／縞

清廉な令嬢は悪女になりたい
～父親からめちゃくちゃな依頼をされたので、遠慮なく悪女になります！～
著／エイ　イラスト／月戸

聖女は人間に絶望しました
～追放された聖女は過保護な銀の王に愛される～
著／柏てん　イラスト／阿倍野ちゃこ

第二王子の側室になりたくないと思っていたら、正室になってしまいました
～おてんば伯爵令嬢が攻撃魔法を磨いて王子様と冒険者デビューするまで～
著／倉本 縞　イラスト／コユコム

二周目の悪役令嬢は、マイルドヤンデレに切り替えていく
著／羽瀬川ルフレ　イラスト／くろでこ

リーフェの祝福 全2巻
～無属性魔法しか使えない落ちこぼれとしてほっといてください～
著／クレハ　イラスト／祀花よう子

公爵令嬢は我が道を場当たり的に行く①
著／ぽよ子　イラスト／にもし

コミカライズ作品

目指す地位は縁の下。
著／ビス　イラスト／あおいあり

悪役令嬢後宮物語 全8巻
著／涼風　イラスト／鈴ノ助

誰かこの状況を説明してください！①～⑨
著／徒然花　イラスト／萩原 凛

魔導師は平凡を望む①～㉛
著／広瀬 煉　イラスト／⑪

転生王女は今日も旗を叩き折る①～⑧
著／ビス　イラスト／雪子

侯爵令嬢は手駒を演じる 全4巻
著／橘 千秋　イラスト／蒼崎 律

復讐を誓った白猫は竜王の膝の上で惰眠をむさぼる①～⑦
著／クレハ　イラスト／ヤミーゴ

婚約破棄の次は偽装婚約。さて、その次は……。全3巻
著／瑞本千紗　イラスト／阿久田ミチ

平和的ダンジョン生活。全3巻
著／広瀬 煉　イラスト／⑪

転生しまして、現在は侍女でございます。①～⑨
著／玉響なつめ　イラスト／仁藤あかね

魔法世界の受付嬢になりたいです 全4巻
著／まこ　イラスト／まろ

どうも、悪役にされた令嬢ですけれど 全2巻
著／佐槻奏多　イラスト／八美☆わん

脇役令嬢に転生しましたがシナリオ通りにはいかせません！ 全2巻
著／柏てん　イラスト／朝日川日和

騎士団の金庫番 全3巻
～元経理OLの私、騎士団のお財布を握ることになりました～
著／飛野 猶　イラスト／風ことら

王子様なんて、こっちから願い下げですわ！ 全2巻
～追放された元悪役令嬢、魔法の力で見返します～
著／柏てん　イラスト／御子柴リョウ

婚約破棄をした令嬢は我慢を止めました①～③
著／棗　イラスト／萩原 凛

裏切られた黒猫は幸せな魔法具ライフを目指したい①～②
著／クレハ　イラスト／ヤミーゴ

明日、結婚式なんですけど!? 全2巻
～婚約者に浮気されたので過去に戻って人生やりなおします～
著／星見うさぎ　イラスト／三湊かおり

Twitter
「アリアンローズ／アリアンローズコミックス」
@info_arianrose

TikTok
「異世界ファンタジー【AR/ARC/FWC/FWCA】」
@ararcfwcfwca_official

その他のアリアンローズ作品は https://arianrose.jp/

魔法世界の受付嬢になりたいです　4

＊本作は「小説家になろう」（https://syosetu.com/）に掲載されていた作品を、大幅に加筆修正したものとなります。
＊この作品はフィクションです。実在の人物・団体・事件・地名・名称等とは一切関係ありません。

2023年4月20日　第一刷発行

著者 ……… まこ

©MAKO/Frontier Works Inc.
イラスト ……… まろ
発行者 ……… 辻 政英
発行所 ……… 株式会社フロンティアワークス
〒170-0013　東京都豊島区東池袋3-22-17
東池袋セントラルプレイス5F
営業　TEL 03-5957-1030　FAX 03-5957-1533
アリアンローズ公式サイト　https://arianrose.jp/
装丁デザイン ……… ウエダデザイン室
印刷所 ……… シナノ書籍印刷株式会社

本書のコピー、スキャン、デジタル化等の無断複製、転載、放送などは著作権法上での例外を除き禁じられています。本書を代行業者の第三者に依頼してスキャンやデジタル化することは、たとえ個人や家庭内での利用であっても著作権法上認められておりません。定価はカバーに表示してあります。乱丁・落丁本はお取り替えいたします。

二次元コードまたはURLより本書に関するアンケートにご協力ください

https://arianrose.jp/questionnaire/

● PC・スマートフォンに対応しております（一部対応していない機種もございます）。
●サイトにアクセスする際にかかる通信費はご負担ください。